Tschüss, geliebte Macht

Erich Maletzke

Tschüss, geliebte Macht

Aus dem Leben eines Abgewählten

Wachholtz

1. Auflage 2013

Gesamtherstellung: Wachholtz Verlag
Satz: G&U Language & Publishing Services GmbH, Flensburg

Printed in Germany
ISBN 978-3-529-06107-3

Besuchen Sie uns im Internet:
www.wachholtz-verlag.de

Inhaltsverzeichnis

Kapitel 1

ERSTER ARBEITSTAG DANACH

Herr Ministerpräsident, haben Sie schon beschlossen, was Sie morgen machen? Hans-Christian R. legte dem Reporter des *Nordkuriers* die Hand auf die Schulter: „Also morgen, junger Mann, esse ich zum Frühstück in aller Ruhe vier Körnerbrötchen, zwei mit Käse und zwei mit Leberwurst. Dann trinke ich drei Tassen Kaffee, danach stopfe ich meine Pfeife, lege sie aber gleich wieder zur Seite, weil ich ja nicht mehr rauche, und dann sehen wir weiter." Beinahe hätte er gesagt „und danach lasse ich mich ins Büro fahren". Gerade rechtzeitig fiel ihm jedoch ein, dass in seinem Büro mit Blick auf den großen See schon sein Nachfolger sitzen könnte.

Zehn Jahre lang hatte Hans-Christian R. das Land regiert. Er war jetzt 55 Jahre alt, und zu gern hätte er sein Amt behalten. Doch die Wähler hatten einen Wechsel gewünscht. Natürlich befürwortete er die Demokratie, doch musste es gerade ihn treffen? Zugegeben, im letzten Jahr seiner Amtszeit waren einige Pannen passiert, für die er die politische Verantwortung übernommen hatte. „Politische Verantwortung", wie R. diese Phrase hasste, die er in jüngster Zeit so oft gehört hatte. Peter Krause hatte ihm den meisten Ärger eingebrockt. Nie und nimmer hätte er den zum Innenminister ernennen dürfen. Dieser Fischkopf von der

Küste. Bereits in der Schule galt er als Trottel, war immer nur 13. Mann in der Fußballmannschaft. Aber in der Jungen Union stieg er schnell zum „Hoffnungsträger“ auf. Lachhaft. Das Beste, was er konnte, war reden. So hätte man das machen müssen und so ... Einmal im Monat baute er Mist, die Uhr konnte man danach stellen.

Zuletzt, und dann noch mitten im Wahlkampf, die Sache mit dem iPad. Ein derart brisantes Ding lässt man doch nicht über Nacht im Auto liegen. Am Morgen war es natürlich verschwunden, und drei Tage später veranstaltete das Blatt mit den großen Buchstaben eine Quizreihe nach dem Vorbild von Günther Jauchs Millionärs-Spiel. Wie nennt ein Innenminister seine Freundin? A: Mäuschen; B: Muschi; C: Liebling; D: Buntspecht. R. brauchte auf die Lösung gar nicht zu warten. Wahrscheinlich hatte der Buntspecht bei der Wahl zwei Prozentpunkte gekostet. Die Bezeichnung „Roter Wichser“ für den Oppositionsführer empfand er dagegen als recht originell.

Der Hinweis auf die vier Brötchen war übrigens reine Kraftmeierei. Er schaffte morgens gerade einmal zwei und auch nicht mit Käse und Wurst belegt, sondern mit Honig. Dazu trank er drei Tassen Jasmin-Tee. Am ersten Morgen als Pensionär musste er sich zwingen, überhaupt etwas zu essen. Ein Brötchen, mehr ging wirklich nicht.

Es war jetzt 9.30 Uhr, in einer halben Stunde würde die Sitzung des Kabinetts beginnen. Erstmals seit zehn Jahren ohne ihn. Er wusste nicht einmal mehr, was auf der Tagesordnung stand und ärgerte sich darüber. „Ich geh mal Schafe zählen“, sagte er, und seine Frau Susanne antwortete nur „Tu das". Das Zählen dauerte fünf Sekunden, denn hinter dem alten Bauernhof grasten nur sieben Schwarzkopfschafe. Für jedes Kabinettsmitglied eines. Sie trugen auch die Namen der Minister. Nur der Bock hieß Josef wie der Oppositionsführer.

Wenn Schafe ein Gedächtnis hätten und auch noch sprechen könnten, Paul, Peter, Klaus Günter, Eduard und Gitta hätten viel zu erzählen. Denn der Hausherr sprach häufig mit ihnen. Besonders wenn er Ärger gehabt hatte. Dann stand er am Gatter und ließ seinem Zorn freien Lauf. Einmal war ein Radwanderer in der Nähe. Als der die ihm bekannte Stimme hörte und beim Näherkommen den Ministerpräsidenten sah, stieg er ab und verbarg sich hinter einem mächtigen Baumstamm. „Mein Gott, Peter, du Döskopp, wie kann man so blöd sein und diesem idiotischen Bürgermeister die Rettung seines heruntergewirtschafteten Hafens versprechen?" „Paul, wenn du mir noch einmal derart in den Rücken fällst, schmeiß ich dich achtkant aus dem Kabinett." „Herr Oppositionsführer, ich kann ihr Genöle nicht mehr ertragen. Wären wir in Italien, ich würde der Mafia einen Auftrag erteilen."

Alle Angesprochenen blickten stumm und traurig auf das zweibeinige Wesen hinter dem Zaun. Warum nur war er ohne den Eimer mit den Brotresten gekommen? Genau zehn Uhr war es jetzt. In der letzten Viertelstunde hatte R. schon zweimal auf die Uhr geblickt. In diesem Augenblick werde der Nachfolger mit dem Teelöffel gegen die Tasse schlagen und wie immer eine Spur zu laut mit einer betont launigen Ansprache die erste Sitzung des neuen Kabinetts eröffnen. „Was meinst du, Josef, ob er nach der Glocke gesucht hat? Hätte er lange suchen können, die hab ich nämlich mitgehen lassen." R. lachte so laut, dass die Schafe erschrocken davon stoben. Nur der Bock blieb am Zaun stehen. Er war das einzige Mitglied der kleinen Herde, das auf den Klang seines Namens reagierte. Zuweilen blickte er dann nur missmutig auf, manchmal kratzte er mit einem Vorderfuß auf dem Boden. Kräuselte er die schwarze Schnauze, hatte es den Anschein, als lache er.

Erst halb elf. Wie sich die Zeit zieht. Was die im Kabinett jetzt wohl gerade bereden? Ob die Wichmann seine Anordnung befolgt und die alten Kekse unter die frischen gemischt hatte? Noch lieber hätte er sie gebeten, K.O.-Tropfen in den Kaffee zu schütten. Was für ein Gelächter, wenn das gesamte Kabinett schlafend entdeckt worden wäre.

Konnte Josef, der Bock, etwa Gedanken lesen? Er zog jedenfalls die Schnauze kraus und lachte.

Elf erst. War die Uhr stehen geblieben? „Ich hol die Zeitung", rief R. durch das Küchenfenster. 15 Kilometer waren es bis zum Bäcker. Zwölf Liter schluckte der große BMW auf 100 Kilometer. Der Weg zur Garage war zu kurz, um im Kopf auszurechnen, wie viel Benzin 30 Kilometer kosten. Das Tanken hatte bisher stets der treue Chauffeur Bösch besorgt. Irgendwie auch für den Privatwagen. Der holprige Weg vom Haus zur Kreisstraße war unbefestigt, beim Übergang zum Asphaltbelag müsse man mächtig aufpassen, hatte Bösch wiederholt gewarnt. Als R. an der Kreuzung vorschriftsmäßig anhielt, sah er in der Ferne einen Lieferwagen, wartete zunächst, gelangte dann jedoch zu der Überzeugung, er könnte es noch mühelos schaffen. Eile war aber angebracht. Folglich gab er Gas, sehr viel Gas. War die Straße nur nass oder war sie mit Öl verschmutzt?

Der Graben war nicht tief, aber doch tief genug, um ihn ohne fremde Hilfe nicht wieder verlassen zu können. Der Fahrer des Lieferwagens stoppte nur kurz. „Alles in Ordnung? Bin furchtbar in Eile." Und weg war er. „Scheißkerl", sagte R. und war gleichzeitig froh, dass er erst einmal in Ruhe überlegen konnte. Wenn er jetzt nach Hause ging, war das schon Fahrerflucht? Nur, weil ein piefiger Begrenzungspfahl umgefallen war? Bestimmt nicht.

Also kletterte er mühsam aus dem Wagen, erschreckte zu Hause Frau Susanne und rief den Nachbarn an. „Otto, komm mit dem Trecker, meine Karre ist auf Abwege geraten." Als der Wagen wieder in der Garage stand, rief er sicherheitshalber doch den Dorfpolizisten an. Ein rasender Lieferwagen habe ihn abgedrängt und sich davon gemacht. Sei gerade noch einmal gut gegangen, bis auf einen umgefallenen Begrenzungspfahl. „Kenn ich, kenn ich", sagte der Beamte. „Diese Sprinter sind die Pest, sollten viel öfter an einer schönen, dicken deutschen Eiche kleben."

Mann, oh Mann, dachte R. Alles am ersten Tag. Wenn das so weitergeht, dann mal Gute Nacht.

Seine Stimmung besserte sich erst am Mittagstisch. Birnen, Bohnen und Speck hatte er sich gewünscht. „Aber nur, wenn wir endlich einmal wieder gemeinsam ins Kino gehen", hatte Frau Susanne als Gegenleistung gefordert. R. hasst Kinos. Die meisten Filme empfand er als viel zu lang. Dazu die Enge, der Geruch von Popcorn und Schweiß, das

Gekicher und Geflüster, der Kampf mit dem Sitznachbarn um die Nutzung der Armlehne.

Doch versprochen ist versprochen. Über Woody Allen konnte er außerdem durchaus lachen, vielleicht auch deshalb, weil er ihn ein wenig an den herzlich ungeliebten Nachfolger erinnerte.

Dem BMW hatte R. wegen ungebührlichen Verhaltens Garagenarrest verordnet. Da ein Parkplatz gesucht werden musste, überließ er gerne Frau Susanne mit ihrem Golf den Transport in die Stadt. Wohlweislich erst vor dem Kino verriet sie ihm, dass der Film mit Woody Allen schon abgesetzt sei. Der bereits etwas ältere Streifen mit Marlon Brando in „Apocalypse Now" solle aber auch recht spannend sein. R. ist es egal.

An der Kasse teilte ihm ein junges Mädchen mit gepiercten Augenbrauen, Ohrläppchen und Nasenflügeln mit, dass der Eintritt für Rentner dienstags nur fünf Euro kostet. Aber den Ausweis müsse sie sehen. Oder nicht dabei? Erkenne man aber auch ohne. Also fünf plus acht für die Tochter. Auch Popcorn?

„Haben Sie Birnen, Bohnen und Speck?" „Nein, heute nur Popcorn", antwortete die junge Frau.

R. hasste Kriegsfilme, amerikanische ganz besonders. Nach einer Stunde und mindestens 250 Toten wollte er nach Hause, doch Frau Susanne legte ihm energisch die Hand auf den Oberschenkel.

Seit dem ersten Toten knabberten hinter ihm junge Leute Popcorn. Wenn er schon bleiben musste und vorn auf der Leinwand höllischer Lärm veranstaltet wurde, wollte er jedenfalls in seinem Rücken Ruhe haben. Daher drehte er sich um und sagte streng: „Ruhe, ihr stört." Eine Sekunde herrschte wirklich Ruhe, dann sagte eine Stimme laut und deutlich „Shut up, Gruftie".

R. ballte die Fäuste und wünschte sich, sein Bodyguard Gregor säße neben ihm. Wie damals, vor drei, vier Jahren. Nach einer ermüdenden Konferenz der Ministerpräsidenten in Mainz hatten ihn Parteifreunde mit ins Kino gelockt. In dem Mafia-Film wurde ebenfalls reichlich, allerdings recht leise, gemordet. Umso mehr lärmte in der Reihe hinter ihnen eine Gruppe junger Männer. Als Gregor bemerkte, dass sein Chef immer ruhiger wurde, drehte er sich um und empfahl, sogar mit einem „Bitte", mehr Benehmen. Eine Antwort bekam er nicht. Stattdessen schüttete ihm der Hintermann wortlos einen Viertelliter Holsten Edel in den Kragen. Aus den Augenwinkeln sah R. diese heimtückische Attacke.

Da er Gregor kannte, hielt er ihn vorsichtig am Ärmel fest. Am Ende der Vorstellung drängte Gregor auffallend eilig zum Ausgang, und als sich dort die Besucher vor der engen Tür stauten, ertönte aus der Menge ein markerschütternder Schrei. R. wusste sofort, von wem die Schmerzenslaute stammten, und als er Gregor später fragend anblickte, berichtete der mit treuherzigem Augenaufschlag, jemand sei im Gedränge mit dem kleinen Finger in seine Hand geraten, und beim Versuch sich zu befreien, habe es erst ein knackendes Geräusch und dann diesen Schrei gegeben.

Allein die Erinnerung an diese Begebenheit amüsierte R. derart, dass ihm die zweite Hälfte des Films deutlich besser gefiel als die erste.

Kapitel 2

LAUSCHEN AN DER WAND

Frau Wichmann war während der Kabinettssitzungen für den Service zuständig. Sie hatte bereits vier Regierungen betreut: Kaffee kochen, Tee aufbrühen, Flaschen mit Saft und Wasser aufstellen, Meissner Porzellanschalen mit Keksen füllen, zehn frische Brötchen kaufen und mit Wurst belegen. Käse, Fisch, erst recht Mett mit Zwiebeln, waren streng verboten. Ein früherer Ministerpräsident hatte darum gebeten, stets auch zwei Flaschen Weißwein bereitzustellen. Für die Anlieferung hatte er sicherheitshalber selber gesorgt. Er trank auch als einziger während der Sitzung zwei, manchmal drei Gläser. Nachdem er zurückgetreten war, trafen noch mehrere Sendungen aus dem Rheinland ein. Sie standen nun schon bald zehn Jahre ungeöffnet im Keller.
Frau Wichmann war auch für die Schlafräume im Obergeschoss zuständig. Hier durfte nur der Regierungschef übernachten. In jüngster Zeit machte niemand davon Gebrauch. In früheren Jahren dagegen musste sie häufig das Bett herrichten. Obwohl sie in ihrem Arbeitsvertrag unterschrieben hatte, dass sie keinerlei Einzelheiten über ihre Tätigkeit und das im Haus Gehörte und Gesehene „nach draußen" tragen werde und bei Zuwiderhandlung die Entlassung erfolge, ermahnte sie der für die Verwaltung der Liegenschaft zuständige Beamte fast jeden Monat noch einmal zur Verschwiegenheit.

An diese Verpflichtung hielt sie sich selbst gegenüber ihrem Mann. Nur einmal wurde sie schwach. „Stell dir vor, der neue Ministerpräsident schläft in einem Nachthemd in den Landesfarben und dem Landeswappen auf der Brust", verriet sie dem Gatten, erntete für ihre Enthüllung aber weder die erwartete Empörung noch Heiterkeit, sondern nur ein „Wenn es ihm Spaß macht". Männer, dachte sie. Eigentlich wollte sie noch verraten, dass in dem zweiten Bett des Schlafraums ganz offensichtlich eine fremde Person übernachtet hatte. Ob Mann oder Frau, ließ sich nicht feststellen. Es war allerdings gar nicht der Versuch unternommen worden, die nächtliche Anwesenheit eines Gastes zu verheimlichen.

Trotz ihrer häuslichen Indiskretion galt Frau Wichmann als Vertrauensperson. Es war allerdings ein nicht ganz zutreffendes Urteil; denn sie verfolgte einen Plan, dessen Verwirklichung sie zur Verräterin machen würde: Frau Wichmann beabsichtigte, ein Buch zu schreiben. In zehn Jahren, mit Erreichen des Pensionsalters, wollte sie aufdecken, was sich im Gästehaus der Regierung, vor allem im Kabinettssaal ereignet hat. Mit den Vorarbeiten hatte sie unmittelbar nach Antritt ihres Dienstes begonnen. Am Ende ihres Arbeitstages notierte sie in einem alten Kontorbuch, was ihr an wirklich oder vermeintlich Bedeutsamem aufgefallen war. In ihrer Handtasche verbarg sie stets ein kleines Notizbuch, in dem sie während des Tages Zitate, Zahlen, komplizierte Wörter, kurzum alles notierte, was sie schnell vergessen könnte. Die Notizen aus dem Büchlein ergänzte sie am Abend zu vollständigen Sätzen und übertrug diese in das dicke Buch.

In den ersten Jahren hatte sie sich darauf beschränkt aufzuschreiben, was sie sozusagen offiziell hörte und sah. Allmählich aber ging sie dazu über, für die Nachwelt festzuhalten, was aus dem Kabinettssaal in die Küche drang. Es war zunächst nur schwer verständliches Stimmengewirr, das sich zuweilen zu Wortgefechten steigerte. Sehr ergiebig war das nicht. Dies änderte sich jedoch, als Frau Wichmann beim Saubermachen der Wandpaneele entdeckte, dass es zwischen der Küche und dem Kabinettssaal eine Durchreiche gegeben hatte. Um Lauscher an der Wand zu verhindern und gleichzeitig Geräusche aus der Küche zu dämmen, war der Hohlraum mit Steinwolle gefüllt und mit einer Paneele abgedeckt worden. Es bereitete keine Mühe, das Dämmmaterial zu entfernen. Sowie die Gespräche im Kabinett etwas lauter wurden, ließen sie sich in der Küche bestens verstehen.
Als weitere Materialsammlung erwiesen sich die Papierkörbe. Zwar achtete der Protokollführer am Schluss der Sitzung drauf, dass keine wichtigen Unterlagen auf dem Tisch zurückblieben, aber beim meist eiligen Aufbruch landeten doch immer wieder Kostbarkeiten im Papierkorb. Neben Notizen mit Bemerkungen wie „Was für ein Unsinn", „Der gehört in die Klapsmühle" oder nur „Quatschkopp", waren es vor allem sehr vielsagende Zeichnungen. Ein in seinem Amt äußerst unzufriedener Innenminister hatte sich auf Tiere spezialisiert. Er zeichnete Löwen, Esel, Schafe und alle hatten eines gemeinsam: die Physiognomie des Ministerpräsidenten.
Ein Landwirtschaftsminister war als Kunstschaffender völlig ungeeignet, was ihn nicht hinderte, mit ungelenken

Strichen festzuhalten, was er jenseits des Fensters sah: einen Baum, eine Wasserfläche mit Segelschiffen und viele, viele Möwen. Er malte immer dasselbe.
Meistens waren die Kunstwerke von ihren Schöpfern zerknüllt worden, Frau Wichmann bügelte sie vorsichtig wieder glatt. Sie sollten in das geplante Buch aufgenommen werden, könnten vielleicht sogar in einer gewiss bewunderten Ausstellung gezeigt werden.

Kapitel 3

SCHÜSSE AM SEE

Mindestens zwei Jahre lang war R. schon nicht mehr zur Jagd gegangen. Sein Pressesprecher hatte gewarnt: Ein Ministerpräsident mit Gewehr, womöglich noch in grünem Loden, das würde gar nicht gut ankommen. Jedenfalls nicht bei einer Mehrheit der Bevölkerung. Nun brauchte er auf derartige Bedenken keine Rücksicht mehr zu nehmen. Sein Nachbar, der Pächter des nahen Westsees, hatte ihm schon wiederholt angeboten, er könne jederzeit so viele Enten schießen wie er wolle. Und wenn er einen Kormoran erwische, umso besser. „Willst mir wohl Ärger einbrocken und deinen Sozen Stimmen verschaffen“, hatte er geantwortet. Allerdings mehr pflichtbewusst als aus Überzeugung.

Ob er überhaupt noch zielsicher sei? Warum nicht? Radfahren verlerne man doch auch nicht.
Merkwürdig. Konnte Frau Susanne Gedanken lesen? „Lass bloß die Knarre im Schrank", sagte sie ausgerechnet an dem Morgen, als R. schon auf ihre Abreise ins Personalbüro der Großbank wartete. Hatte sie gesehen, dass er am Abend zuvor ausführlich in „Wild und Hund" gelesen hatte?
Kaum war der Golf vom Hof gerollt, hatte R. „die Knarre" in der Hand. Eine Stunde später fiel der erste Schuss, der keinerlei Schaden anrichtete. In den folgenden Stunden vermuteten Anwohner des Sees, die Bundeswehr veranstalte ein Großmanöver, während der Pächter Otto Carstens wusste, dass R. die Einladung zur Entenjagd endlich angenommen hatte.
Die Ausbeute entsprach nur sehr bedingt dem Geräuschpegel und Verbrauch von Munition. Drei Flugenten trug R. am Ende des Feldzuges nach Hause. Genau genommen waren es nur zwei, denn eine Ente war ein Kormoran, den R. am Nachmittag gut verborgen in einer Plastiktüte Otto Carstens aushändigte. Als Gegenleistung empfing er viel Lob und zusätzlich die Versicherung, falls er noch einmal für ein politisches Amt kandidieren sollte, werde er, der ewige Sozi, dem Jäger des Kormorans seine Stimme geben. Wie begeistert der Pächter war, bewies er dadurch, dass er am Abend einen frisch gefangenen Hecht vorbeibrachte, woraufhin ihm R. die beiden echten Wildenten auslieferte. Er vermied damit nach der Rückkehr von Frau Susanne eine unangenehme Aussprache über den Sinn vom Jagen im Allgemeinen und der kaltblütigen Erschießung von unschuldigen Flugenten im Besonderen.

Kapitel 4

AUSGEBOOTET

Vom Rauswurf aus dem Drachenboot erfuhr R. ausgerechnet an seinem Geburtstag. Er empfand die Kündigung als Demütigung und obwohl er im Grunde seines Wesens gutmütig war, schwor er Vergeltung. „Denen werde ich es zeigen", murmelte er mehrfach, nachdem er den Telefonhörer krachend aufgelegt hatte. Dabei war er zunächst ohne große Begeisterung zum Wassersportler geworden.

Er müsse unbedingt etwas für seinen Kreislauf tun, hatte vor zwei Jahren Professor Bernhardt vom Universitätsklinikum nach einem Schwächeanfall empfohlen. „Und was?", hatte R. gefragt. „Reicht Spazierengehen? Oder die Jagd?" Der Mediziner, berühmt, weil er einem Kanzler das Leben gerettet hatte, war zu Scherzen dieser Art nicht aufgelegt. Mit strengem Unterton präzisierte er seine Therapie-Empfehlung: also täglich mindestens eine halbe Stunde Radfahren, dazu etwas Gymnastik.

Gehorsam radelte R. bereits vom nächsten Tag an in Begleitung von zwei Personenschützern auf der Promenade das Seeufer hin und wieder zurück. Die meiste Zeit bewegte er sich allerdings nicht, sondern stand. Denn etwa alle hundert Meter traf das Trio auf jemanden, der unbedingt begrüßt und dem erklärt werden musste, warum der doch viel beschäftigte Ministerpräsident während der Dienstzeit eine Fahrradtour unternahm. „Langeweile?", fragte jemand.

„Auto kaputt?“, „Training für die Tour de France?“ Sogar bei Angehörigen der Opposition, denen er als Fußgänger eher aus dem Weg ging, stieg er ab und erläuterte den gesundheitlichen Hintergrund seiner Radwanderung.

Nach drei Tagen und zweimal von Regenschauern durchnässt, hatte R. zur Erleichterung seiner beiden Begleiter die Lust an den Ausflügen verloren. Gregor, der Fingerbrecher, der seine raue Jugend an der Wolga verbracht hatte, wagte im Gegensatz zu seinem Kollegen hin und wieder eine kesse Lippe. Dabei blickte er so treuherzig, dass ihm niemand etwas übel nahm. Bei einem Begrüßungs-Stopp sagte er zu R. „Chef, Sie wollten doch schon immer zur Marine.“ Dabei zeigte er auf einen Zwitter aus Ruderboot und Kanu, den zwölf von einem Trommler angespornte Männer erstaunlich schnell vorantrieben.

Vierzehn Tage später war aus dem Radfahrer R. ein Seefahrer geworden. Für die Mannschaft des Drachenbootes „Nordland“ war er nicht der Ministerpräsident, sondern der Sportskamerad Hans-Christian. Schon nach wenigen Trainingseinheiten durfte er an den Wettfahrten teilnehmen, die eher Schaufahrten waren. Man paddelte auf der Kieler Förde und auf dem Maschsee, kenterte auf der Eider und gewann einen mächtigen Pokal auf dem Bodensee. R. fühlte sich wohl in der Gemeinschaft, die sich so angenehm vom politischen Geschäft mit Kompromissen und Intrigen, Parteien und Kabinettssitzungen unterschied.

Und dann, es war in der zweiten Woche nach seinem Ausscheiden aus dem Amt, erreichte ihn der Anruf von Dr. Klaus Peter Konrad, dem Schlagmann. Schon die Anrede

machte ihn stutzig. „Guten Morgen, Herr Ministerpräsident, also glauben Sie mir, ich wollte mich eigentlich bereits vor ein paar Tagen melden. Die Sache ist nämlich die …" Die Sache war folgende: Sein Nachfolger hatte den Wunsch geäußert, ins Drachenboot aufgenommen zu werden. Nicht aus gesundheitlichen Gründen, sondern weil Zeitungen und das Fernsehen wiederholt über die sportliche Betätigung des Ministerpräsidenten berichtet hatten. Er habe versucht, den Wunsch des neuen Ministerpräsidenten abzuschlagen, versicherte der Schlagmann, doch daraufhin sei der Nachfolger deutlicher geworden, habe daran erinnert, dass die Aktivitäten der Drachenboot-Mannschaft mit Landesmitteln gefördert werden und … „Und wer, Herr Dr. Konrad, wer hat Ihnen diese Gelder überhaupt bewilligt?" R. war normalerweise nicht so leicht aus der Fassung zu bringen, aber dieser Anruf hatte ihn doch erst sprachlos und dann wütend gemacht. „Was meinen Sie, wie kompliziert es war, den Kollegen Innenminister davon zu überzeugen, dass Drachenboot-Fahren aus dem Topf für den Breitensport gefördert werden kann? Zumal dann, wenn auch der Ministerpräsident mit von der Partie ist? Und wer hat damals den Transport des Bootes an den Bodensee und die Übernachtung von sechs Mitgliedern der Mannschaft aus der eigenen Tasche bezahlt? Waren Sie das, Herr Dr. Konrad, Inhaber von zwei florierenden Apotheken, oder war ich es, dessen Einkommen Sie bereits zur Jahresmitte erreicht haben?"
Herr Dr. Konrad, ehemals Klaus Peter, versuchte vergeblich, seinen nun ausgebooteten Ruder- beziehungsweise Paddel-Kameraden zu unterbrechen. Er kam nur bis „lieber Minis-

terpräsident" …, wurde daraufhin belehrt: „Ich bin nicht mehr Ministerpräsident, schon gar nicht Ihr lieber. Ich bin jetzt Rentner." Der Schlagmann Dr. Klaus Peter Konrad wusste nun gar nicht mehr, wie er den ehemaligen Kameraden anreden sollte. Er war daher heilfroh, als sein erregter Gesprächspartner mit der abrupten Bemerkung „Dann man noch viel Spaß mit meinem Nachfolger" den Hörer auflegte. Für R. war die unerfreuliche Angelegenheit damit aber keineswegs erledigt. Obwohl ihn keiner mehr hörte, sagte er laut: „Dieser undankbare Pillendreher, keinen Fuß werde ich künftig in seinen Laden setzen, sollen sie doch mit ihrem blöden Drachenboot in der Elbe versinken. Nicht mit mir, ich denke mir noch etwas aus." Mit dem ungeladenen Gewehr auf der Schulter brach er anschließend zu einem langen Spaziergang um den See auf.

Kapitel 5

WEISSE BLÄTTER

Die meisten Menschen haben ihre besten Einfälle unter der Dusche. R. hatte sie auf dem Hochsitz im Wald. Über eine eigene Jagd verfügte er zwar nicht, aber gleich mehrere Parteifreunde hatten ihm ihre ausgedehnten Reviere angeboten. Wegen der Image-Warnung seines Pressereferenten hatte er bisher nur die Hochsitze genutzt. Er bestieg sie unbewaffnet, aber häufig mit einem Pilotenkoffer voller Akten. Im Büro fielen ihm spätestens nach zwei Lesestunden die Augen zu, im Wald dagegen ermüdeten ihn drei, vier Stunden nicht im Geringsten. Jedenfalls meistens nicht. Einmal allerdings, an einem schwülen Sommerabend, musste er doch eingenickt sein; denn als ihn ein Donnergrollen aufschreckte, stellte er fest, dass der Aktenstapel verschwunden war, den er auf dem Eichenbrett über seinen Knien abgelegt hatte. Wohl von einem Windstoß davongetragen. Verwünschungen ausstoßend kroch R. durch das Unterholz, um die Seiten wieder einzusammeln. Einige blieben jedoch verschwunden, darunter mehrere als „geheim" eingestufte Dossiers, in denen der Verfassungsschutz über Aktivitäten der rechtsradikalen Szene berichtete. Dieser Verlust beunruhigte R. außerordentlich. Nicht nur wegen des brisanten Inhalts, sondern weil er fürchtete, die nicht in den Wald gehörenden Blätter könnten bei der Opposition landen und im Landtag zu der berechtigten Frage führen, auf welche Weise geheime Unterlagen in den Forst des Grafen Rantzau gelangt seien.

Nach einer unruhigen Nacht begab sich R. am nächsten Morgen noch einmal erst auf den Hochsitz, danach ins Unterholz, fand tatsächlich noch mehrere, inzwischen etwas aufgeweichte Seiten, wollte die weitere Suche gerade abbrechen, als er bei einem eher zufälligen Blick in die Baumwipfel im Geäst einer sehr hohen und sehr alten Buche etwas Weißes sah. Durchs Fernglas zählte er sechs Blatt Papier.

Was tut ein Mensch in einer derart verzweifelten Lage? Er schreit zunächst alle ihm zur Verfügung stehenden Flüche in den Wald. Das bringt zwar etwas Erleichterung, aber ändert die Situation nicht nennenswert. Ausgesprochen sinnlos ist auch der Versuch, eine wohl 150 Jahre alte Buche zu veranlassen, durch das Rütteln ihres meterdicken Stammes einige Stücke Papier aus ihrem Geäst freizugeben. Eine kräftige Böe hätte vielleicht Erfolg gebracht, doch der Wind hatte sich am Tag zuvor derart verausgabt, dass sich kein Blatt rührte, nicht einmal eines der weißen. Für einen letzten verzweifelten Rettungsversuch sammelte R. einige Tannenzapfen und schleuderte sie wütend in die Höhe. Einer fiel ihm bei der Rückkehr auf den Kopf, verursachte erst einen leichten Schmerz und dann einen grässlichen Fluch.

Am Nachmittag erschienen zwei Männer, die mit Seilen und Gurten, Helmen und Steigeisen ausgerüstet waren, als wollten sie zum Mount Everest aufbrechen. Mit beeindruckender Geschicklichkeit erklommen sie den glatten Stamm der Buche mit den weißen Blättern, erreichten mühelos die Erkenntnisse der Verfassungsschützer und unterschrieben an Ort und Stelle eine von R. handschriftlich verfasste Erklärung. Darin verpflichteten sie sich, keinerlei Einzelheiten über ihren Einsatz im Forst des Grafen Rantzau zu verraten. Anschließend zahlte ihnen R. ohne Quittung 300 Euro in bar aus. 200 Euro als Lohn und 100 Euro als Schweigegeld. R. rechnete aus, dass ein Baumkletterer damit einen doppelt so hohen Stundenlohn wie ein Ministerpräsident verdient. Bei wesentlich geringerer Absturzgefahr.

Kapitel 6

NEUE SCHLÜSSEL

In der Mittagspause einer ermüdenden Konferenz der Ministerpräsidenten war R. ziellos durch die Hamburger Innenstadt geschlendert. In einer zum Hafenviertel führenden Nebenstraße stand er unvermittelt vor einem kleinen Laden mit der Aufschrift „Schlüsseldienst und Schuhbesohlung". Durch die Fensterscheibe sah er einen älteren Mann an einer Art Werkbank. Der Mann blicke kurz auf, nickte dem Beobachter zu und setzte seine Arbeit fort. R. ging weiter, kehrte aber nach zehn Schritten zurück und betrat den Laden. Noch ehe er einen Wunsch geäußert hatte, zeigte der Mann auf Rs Schuhe und sagte „Wird aber auch höchste Zeit". „Nur die Absätze", antwortete R., und während er wartete, fiel ihm ein, dass er einen Hausschlüssel verloren hatte. „Dieser ist kein Problem", sagte der Alte, als er das Schlüsselbund in Händen hielt. „Die da aber sind kompliziert, macht Ihnen in der ganzen Stadt kein anderer. Ist eigentlich auch gar nicht erlaubt." Damit zeigte er auf die beiden Schlüssel zum Büro des Ministerpräsidenten und fügte hinzu: „Kann man auch verlieren. Kosten 90 Euro in bar." R. benötigte keinen weiteren Büroschlüssel, und trotzdem sagte er: „Na gut". Nach zehn Minuten konnte er seine Schuhe wieder anziehen, nach einer halben Stunde die Schlüssel abholen.

Ein Jahr nach dem scheinbar unnützen Erwerb der Schlüssel verlor R. ziemlich überraschend sein Amt. Bei der Übergabe der Geschäfte händigte er seinem Nachfolger vorschriftsmäßig die Schlüssel zum Büro aus. Vielleicht waren es die Originale, vielleicht die Duplikate. Ein Paar legte er in seinen Safe. Bereits in der folgenden Nacht erschienen sie ihm im Traum. Sie waren so groß geworden, als wären sie für das Schloss einer mittelalterlichen Burg bestimmt. Als er die Schlüssel berührte, zerfielen sie zu Staub.

Kapitel 7

DIESER BASTARD

Seitdem R. seinen Platz im Drachenboot verloren hatte, fuhr er wieder Rad. Meistens in der näheren Umgebung seines Hauses, denn dort gab es Fahrradwege, für deren Bau er persönlich gesorgt hatte. An manchen Tagen wünschte er sich etwas mehr Leben, lud das Fahrrad in sein Auto und begab sich zur Seepromenade. An einer Stelle konnte er auf sein altes Büro blicken und die großen, schusssicheren Scheiben gewährten sogar einen Blick ins Innere. Noch nie hatte er jemanden am Schreibtisch sitzend gesehen. An einem trüben Herbsttag aber sah er seinen Nachfolger. Er stand direkt hinter der Scheibe und blickte auf den See. R. zog den Schirm seiner Mütze tiefer ins Gesicht und trat kräftiger in die Pedale. „Dieser Bastard“, murmelte er, und

im Magen fühlte er die gleichen Stiche wie nach dem Bekanntwerden der ersten Hochrechnungen am Wahlabend. „Sitzt auf meinem Stuhl, arbeitet an meinem Schreibtisch." Dabei hatte er gar nicht gesehen, ob im Büro wirklich noch die alten Möbelstücke standen. Doch die Fakten waren ihm egal, es reichte die Erinnerung an die zehn Jahre, die er dort verbracht hatte. Den größten Teil seiner Dienstzeit war er allerdings unterwegs gewesen. „Bei den Menschen", wie er es in fast jeder Rede formulierte.
Auf dem Rückweg fuhr er noch einmal am Büro vorbei, so langsam wie möglich, beinahe wäre er sogar abgestiegen, fürchtete jedoch, erkannt zu werden, diesseits und jenseits der Fenster. Doch inzwischen war der Raum leer. Nur im Vorzimmer bewegte sich eine Frau.

Kapitel 8

HEIMLICHER BESUCH

Den nächtlichen Besuch plante R. während der Heimfahrt von seiner Radtour. Das verwegene Vorhaben beschäftigte ihn so sehr, dass er erst eine rote Ampel übersah, dann beinahe einen plötzlich abbremsenden Vordermann gerammt hätte.
Gut, dass Frau Susanne noch nicht vom Dienst zurückgekehrt war. Er holte die beiden Schlüssel aus dem Tresor,

rieb sie sorgfältig mit Waffenöl ein. Beim Klingeln des Telefons steckte er sie hastig in die Tasche und sagte laut „Blödmann“ zu sich selbst. Sie komme heute später, teilte Frau Susanne mit. Er könnte dann doch zu dem Vortrag über das geplante neue Wahlrecht in die Akademie gehen. R. hasste abendliche Vorträge von Professoren, sagte zur Gattin jedoch „sehr gute Idee“, nahm die beiden Schlüssel wieder aus der Tasche, hielt sie gegen das Licht. Eine unsinnige Geste, denn was wollte er sehen? Aus dem Badezimmer holte er mehrere Latex-Handschuhe.
Um 22.15 Uhr fuhr er den BMW aus der Garage. Eine halbe Stunde später parkte er in der Nähe seines Büros am Seeufer. Vor dem Aussteigen streifte er die Handschuhe über und kam sich wie jemand vor, der eine Mordtat begehen wollte. Auf dem Parkplatz standen noch zwei weitere Wagen. Menschen sah er nicht. In dem flachen Gebäude mit seinem ehemaligen Büro waren alle Fenster dunkel, nur am Eingang und in den Fluren brannte die Notbeleuchtung. Die große Eingangstür erreichte er nach zwei, drei Minuten. Er hatte sie noch nie zuvor selbst aufgeschlossen. Der Schlüssel passte einwandfrei. Hinter sich schloss er wieder ab. Die Treppe in den ersten Stock war nur schwach beleuchtet, aber er hätte den Weg auch in völliger Dunkelheit gefunden. Beim Versuch, die Tür zu seinem Büro zu öffnen, fiel ihm der Schlüssel aus der Hand, das Geräusch erschien ihm laut wie ein Kanonenschuss. Er hielt einen Augenblick sogar den Atem an, doch nichts rührte sich. Dann stand er in seinem Zimmer, schloss auch hier die Tür wieder ab und setzte sich schwer atmend in den Sessel am

Schreibtisch. Obwohl der Raum dunkel war, spürte er sofort, dass beide Möbelstücke nicht mehr die alten waren. Was wollte er eigentlich hier? Er wollte nichts stehlen, nichts zerstören, nichts bringen. Er wollte nur für ein paar Minuten an seinem alten Arbeitsplatz sitzen, aus dem Fenster über den See blicken. Auch die Sitzecke war neu, der Fußbodenbelag ebenfalls. Alles roch fremd.

Wohl zehn Minuten saß er regungslos am Schreibtisch und blickte aus dem Fenster. Die Uferpromenade war nicht so menschenleer wie er vermutet hatte. Eine Lichterkette zeigte den Verlauf des Seeufers, das letzte Fährschiff näherte sich der Anlegebrücke. Der verspätete Segler würde Mühe haben, in dem überfüllten Hafen einen Liegeplatz zu finden. Die Fensterscheibe aus Panzerglas schirmte alle Geräusche ab.

Unter der Schreibtischplatte ertastete er den Knopf, mit dem sich die schweren Vorhänge bewegen ließen. Als sie sich mit leisem Surren geschlossen hatten, schaltete R. die Leselampe ein. Jetzt sah er, dass auch alle Bilder neu waren. Kein einziges gefiel ihm. Irgendetwas vermisste er besonders, wusste zunächst nicht, was es war. Dann bemerkte er, dass die einst an der Wand hinter dem Schreibtischsessel befestigte Landesflagge fehlte. Er stand auf, ging ins Vorzimmer. Aber dort war sie auch nicht. Ob sie in der Reinigung ist? Aber er konnte sich nicht vorstellen, dass man eine Landesflagge wie eine befleckte Hose in die Schnellreinigung gibt.

Als er sich wieder an den Schreibtisch gesetzt hatte und vorsichtig im Terminkalender des Nachfolgers blätterte, hörte er, wie die Eingangstür aufgeschlossen wurde. Der Schreck durchfuhr ihn wie ein plötzlicher Krampf. Er

konnte denken, sich aber nicht rühren. Was sollte er machen, wenn in zehn Sekunden sein Nachfolger in der Tür stehen würde? Auf die Knie sinken und um Vergebung bitten? Mit einem Stuhl wortlos zuschlagen oder mit dem Brieföffner zustechen? Oder lieber würgen?
Die Schritte kamen näher, schwere Schritte. So gehen Wachleute, aber die erste Runde der Schließgesellschaft war doch vertraglich auf Mitternacht festgelegt. Nichts war offenbar mehr wie früher. Wenigstens kam nicht der Nachfolger. Jemand fasste an die Klinke, rüttelte kurz, stellte fest, dass die Tür verschlossen war und entfernte sich. Einige Minuten später fiel die Haustür ins Schloss.
R. merkte, wie ihm Schweißperlen von der Stirn rollten und auf die Schreibtischplatte tropften. Mit dem Ärmel wischte er sie ab. Erst jetzt fiel ihm ein, wie leichtsinnig es gewesen war, nicht das Licht zu löschen.
Am liebsten hätte er sofort das Büro verlassen, doch er wollte kein Risiko eingehen, vielleicht war der Wachmann noch in der Nähe. Er nahm sich vor, zehn Minuten zu warten.
Auf Zehenspitzen ging er noch einmal ins Vorzimmer. Auch hier war das Mobiliar neu, der Unterschriftenautomat war dagegen noch der alte, natürlich auf den neuen Namen umgestellt. Und selbstverständlich hatte der Nachfolger auch die Sekretärin ausgetauscht. Wahrscheinlich war sie nicht so ordentlich wie seine Frau Krause, in deren Schreibtisch er sich auskannte wie in dem eigenen. Im Fach ganz oben links zum Beispiel lag der Stapel mit dem Briefpapier. Wer weiß, wo der jetzt zu suchen wäre. Um sich selbst die erwartete Unordnung zu beweisen, öffnete er das Fach oben links und

entdeckte dort zu seiner Verwunderung tatsächlich Briefpapier. Ob es noch die gute alte Qualität hat? Schon hatte er einen Bogen in der Hand. Ob der automatische Druck der Unterschrift noch so perfekt war, dass sie vom Original trotz strengster Prüfung nicht zu unterscheiden war? R. schob einen Bogen in den Automaten, nannte das Ergebnis „perfekt“, ließ anschließend noch fünf weitere Bögen ausdrucken, nahm aus einem anderen Fach des Schreibtisches ein halbes Dutzend Briefumschläge und steckte alles in eine Klarsichthülle. Warum eigentlich, fragte eine innere Stimme und gab auch gleich die Antwort: Nur so, als Souvenir.
Aus den geplanten zehn Minuten war eine Viertelstunde geworden. R. löschte das Licht, öffnete die Vorhänge, wischte mit dem Ärmel noch einmal über die Schreibtischplatte, schloss so leise wie möglich beide Türen, traf auf dem Rückweg zum Auto keinen Menschen. Es war jetzt kurz vor Mitternacht, der Vortrag über das Wahlrecht längst beendet, Frau Susanne wartete.
Erst als er vom Parkplatz auf die Hauptstraße bog, merkte er, dass er noch immer die Latex-Handschuhe trug. An der nächsten rot leuchtenden Ampel wollte er sie abstreifen. Doch die erste Ampel war bereits auf gelb blinkenden Nachtbetrieb geschaltet, und eine kurze Strecke dahinter hatte die Polizei ihre Kontrollstation aufgebaut.
„Fahrzeugkontrolle, Ihre Papiere bitte“. Der junge Beamte war sehr förmlich und sehr höflich, blickte allerdings misstrauisch auf die Handschuhe. „Haben Sie Alkohol getrunken?“ R. konnte mit gutem Gewissen nein sagen, dachte dabei aber sehr intensiv an die auf dem Beifahrersitz liegende

Klarsichthülle mit den Briefbögen und den Kuverts, drehte sie beiläufig um, sodass Landeswappen und Schriftzug des Ministerpräsidenten nicht zu sehen waren.
Der junge Beamte studierte auffallend lange Führerschein und Zulassung, sagte dann „einen Augenblick bitte“ und ging mit den Dokumenten zu einem VW-Bus, der die Einsatzzentrale bildete. Ein zweiter Beamter hatte stillschweigend den Auftrag erhalten, einen etwaigen Fluchtversuch des Verdächtigen zu verhindern.
In der provisorischen Zentrale saß der Einsatzleiter. Ihm reichte der junge Beamte die Papiere mit der Bemerkung „Chef, da stimmt etwas nicht, der Mann hat ein schlechtes Gewissen, kommt vielleicht von einem Bruch, hat sogar noch die Handschuhe an. Wir sollten ihn genauer überprüfen.“ Der Einsatzleiter blickte auf die Dokumente, stutzte erst, griff dann nach der Mütze, rief „du Idiot“, sprang aus dem Bus, eilte zum BMW, nahm mit den Worten „Hauptwachtmeister Schulz“ Haltung an. „Herr Ministerpräsident, ich bitte vielmals um Entschuldigung. Diesen jungen Leuten fehlt nicht nur das Wissen, es mangelt ihnen vor allem an Menschenkenntnis. Ich predige immer wieder: Menschenkenntnis ist das wichtigste in unserem Beruf. Man muss auf den ersten Blick erkennen, ob man einen unbescholtenen, ja, prominenten Bürger vor sich hat oder aber einen Straftäter. Nur, weil jemand Handschuhe trägt, besteht doch noch lange kein Grund, ihn zu verdächtigen. Er könnte doch an einer Allergie leiden oder …“
Während der Hauptwachtmeister und Menschenkenner Schulz noch nach einer weiteren Erklärung für das Tragen

von Latex-Handschuhen suchte, warf R. ausgesprochen erleichtert ein: „Sie haben es genau erkannt, in diesen neuen Fahrzeugen ist derart viel Chemie verbaut, dass ich vor allem in der Nacht, wenn mich keiner sieht und die Haut ermüdet ist, die Handschuhe überstreife."

Damit hatte R. zwar eine den Hauptwachtmeister Schulz überzeugende Erklärung gegeben, wie erleichtert er über den günstigen Ausgang des gesamten Abenteuers war, hätte ein erfahrener Psychologe daran erkannt, dass R. völlig unmotiviert weiter redete. Zunächst informierte er den Hauptwachtmeister darüber, dass Handflächen durch den ständigen Umgang mit oft sehr staubigen Akten außerordentlich stark beansprucht werden, verriet dann zusätzlich, dass er in seiner langen Regierungszeit stets sehr besorgt darüber war, wie viele Überstunden Polizeibeamte „vor sich herschieben". Immerhin habe es die alte Regierung geschafft, die Anzahl der Polizeifahrzeuge deutlich zu erhöhen.

Hauptwachtmeister Schulz hatte schon viel von der Volkstümlichkeit des nun leider abgewählten Ministerpräsidenten gehört, nach diesem unverhofften Treffen konnte er dessen guten Ruf bestätigen. Zusätzlich beeindruckt war er davon, dass sich das prominente Opfer der Verkehrskontrolle nachdrücklich zugunsten des in Menschenkenntnis unerfahrenen jungen Beamten einsetzte. „Also bitte keinen Tadel, niemand ist unfehlbar, Menschenkenntnis erlangt man erst im Lauf seines Lebens, manchmal allerdings auch nie", sagte R. zum Abschied.

„Sie sagen es, Sie sagen es", antwortete der Hauptwachtmeister. Durch die menschliche Reaktion seines Gesprächspart-

ners war er derart ermutigt worden, dass er nicht nur gute Fahrt wünschte, sondern hinzufügte: „Ich hoffe sehr, dass Sie bald wieder in Amt und Würden sind, denn Menschen wie Sie, Herr Ministerpräsident, brauchen wir zum Wohle unseres Landes dringend." R. bedankte sich ebenfalls überschwänglich.
Zu Hause wartete Frau Susanne bereits etwas beunruhigt. Ganz gegen seine Gewohnheit mochte R. nichts über seinen Tagesablauf berichten. Er sei geschafft, sagte er, musste jedoch noch auf die Frage antworten, wie der Vortrag gewesen sei. Professoren seien nun mal Schwätzer, erzählten immer nur dasselbe, sagte er mürrisch. Im Prinzip war das Urteil richtig, bezog sich jedoch nicht auf den so abenteuerlich abgelaufenen Abend, denn der Vortrag über das neue Wahlrecht war wegen Erkrankung de Referenten kurzfristig abgesagt worden.

Kapitel 9

RACHE

Zwei Tage benötigte R., um sich von den Aufregungen der nächtlichen Ereignisse zu erholen. Am dritten Tag schrieb er einen Brief. Gerichtet war er an Dr. Klaus Peter Konrad, Eigentümer von zwei gut eingeführten Apotheken und

Schlagmann des Drachenbootes „Nordland". R. dachte lange über einzelne Formulierungen nach, benötigte mehrere Bögen, ehe er eine Fassung zustande gebracht hatte, die ihm gefiel. An Menschen, die ihm nahe standen, hatte er häufig und auch gern Briefe geschickt. Stets mit der Hand und in gradliniger, gut lesbarer Schrift. Für offizielle Schreiben pflegte er dem zuständigen Referenten in groben Zügen den Inhalt zu skizzieren. Jetzt musste er selber einen Brief anstelle eines anderen schreiben, gleichzeitig jedoch die eigene Botschaft zu Papier bringen. Dazu durfte er wieder in die Rolle eines Ministerpräsidenten schlüpfen, allerdings nur in die seines Nachfolgers.

„Sehr geehrter Herr Dr. Konrad, lieber Ruderkamerad. – Sie werden sich über dieses Schreiben gewiss wundern, und glauben Sie mir, ich verfasse es nicht mit leichtem Herzen. Die Amtspflicht lässt mir jedoch keine andere Wahl. Mein Vorgänger, dessen Platz im Boot ich Dank ihrer gütigen Hilfe einnehmen darf, hat Ihrer – ich bin versucht zu sagen unserer – Mannschaft einen nicht unerheblichen Förderbetrag aus dem Landesetat zur Verfügung gestellt. Wie mir mein geschätzter Kollege, der Herr Finanzminister, mitgeteilt hat, lässt die angespannte Finanzlage des Landes eine Fortsetzung der Zahlungen nicht länger zu. Da die Förderung ohnehin nur zustande gekommen ist, weil mein Vorgänger sich über einige gesetzliche Bestimmungen hinweggesetzt hat, sollten wir die Angelegenheit möglichst unauffällig, das heißt ohne weiteren Schriftverkehr, auslaufen lassen. Dies könnte dadurch geschehen, dass Sie keinen neuen Antrag auf Förderung stellen und

den Fall auch mündlich nicht ansprechen. Ich bitte um Verständnis und verbleibe mit sportlichen Grüßen …“
Der Computer-Ausdruck gelang prächtig, die Unterschrift veredelte das Schreiben. Niemand konnte auf den Gedanken kommen, dass bei der Anfertigung auch nur die kleinste Regel verletzt worden war. Selbst in dem unwahrscheinlichen Fall, dass der gefälschte Absender den Brief in die Hände bekommen sollte, er hätte keinen Unterschied zu einem echten Schreiben erkennen können; denn R. hatte den eigenen Drucker ein wenig preisgünstiger als der normale Kunde von dem gleichen Unternehmen erhalten, das alle Ministerien beliefert hatte.
Ausgesprochen vergnügt steckte R. das Schreiben in einen Umschlag mit dem Landeswappen und bat seinen treuen Chauffeur Bösch, der inzwischen missvergnügt einen unfreundlichen Staatssekretär fahren musste, den Brief unauffällig ins Postfach der Regierung zu legen. Auf Diskretion konnte R. sich verlassen, denn er hatte Bösch nicht nur die Festanstellung beim Land verschafft, sondern beschäftigte ihn auch weiterhin für Tätigkeiten im Haus und im Garten. Als außerordentlich bedauerlich empfand R. es nur, dass er nicht dabei sein konnte, wenn der famose Dr. Konrad, dessen Apotheken er nie wieder betreten wollte, den Brief las. Noch lieber würde er Zeuge beim nächsten Zusammentreffen der Paddelkameraden sein. Könnte es doch derart eisig ausfallen, dass sich selbst mitten im Sommer Raureif auf dem Anlegesteg bildete. Und das Schönste von allem: Der Nachfolger im Amt und im Boot hätte keine Ahnung, worauf die schlechte Stimmung zurückzuführen sei.

Kapitel 10

ANRUF AUS DEM WALD

R. hatte schon wiederholt an Frau Wichmann gedacht und an jene merkwürdige Begegnung an der Küchentür.
Die Kabinettssitzung war noch nicht beendet, als sein Handy klingelte. Er entschuldige sich für eine Minute, eilte auf den Flur und sah durch die angelehnte Küchentür, wie Frau Wichmann an der Wand lauschte. Und auf der Ablage bemerkte er ein aufgeschlagenes Notizbuch. Nachdem er sein Telefonat beendet hatte, trat er in die Küche, wünschte der erschrockenen Frau Wichmann einen Guten Morgen und hörte aus dem Kabinettssaal murmelnde Stimmen. Sein Besuch hatte keine Minute gedauert; dennoch wusste er, dass Frau Wichmann darüber informiert war, was im Kabinett besprochen wurde. Lauschte sie nur aus Neugierde? Oder hatte sie einen Auftrag? Wofür das Notizbuch sprach. Oder war alles nur ein harmloser Zufall?
Er nahm sich vor, die Angelegenheit dem Innenminister zu berichten, doch den stellte der Koalitionspartner. Dann setzte die heiße Phase des Wahlkampfes ein, die Zeit war stets knapp, es gab wichtigere Themen. Erst nach dem Amtsverlust dachte er wieder an die Lauscherin an der Wand.
Bereits mehrfach hatte R. beabsichtigt, Frau Wichmann anzurufen, hatte die Nummer schon in sein Handy eingegeben, war jedoch nie in der richtigen Stimmung für das sicherlich komplizierte Gespräch.

An einem milden Sommerabend befand er sich auf dem Hochsitz, hatte einen Rehbock im Visier gehabt und aus unerklärlichen Gründen nicht abgedrückt. Er wollte sich gerade auf den Heimweg machen, da sagte ihm eine innere Stimme: Frau Wichmann wartet.

Sie meldete sich bereits nach dem zweiten Klingelton und wirkte nur mäßig überrascht. „Ich wusste, dass ich eines Tages von Ihnen hören würde", sagte sie ohne Umschweife. „Und wenn Sie glauben, ich spioniere für den Osten, dann haben Sie sich geirrt."

„Der Osten ist jetzt Westen", antwortete R. ebenso prompt.

„Meinetwegen auch Norden", erwiderte Frau Wichmann ziemlich unbotmäßig. Das Gespräch hatte somit schon zu Beginn einen etwas gereizten Ton angenommen.

Das lag nicht in Rs. Interesse, daher bemühte er sich um Besänftigung. Dies gelang mit dem Hinweis, dass er sich gerade auf einem Hochsitz mitten im dichten Wald befinde und beobachte, wie auf der nahen Lichtung ein Reh mit zwei Bambis herumtollte. Das entsprach zwar nicht ganz der Wahrheit, denn auf der Lichtung graste nur der alte Bock, doch Frau Wichmann wirkte versöhnt und sagte: „Wie niedlich."

Für R. schien dies der richtige Augenblick, um auf den eigentlichen Anlass für seinen Anruf einzugehen. „Sie wissen bestimmt, Frau Wichmann", begann er ausholend, „Demokratie lebt vom politischen Wechsel. Um den zu erreichen, bedarf es einer starken Opposition, und die ist nur stark, wenn sie über genügend Informationen verfügt, um den Gegner, der ja in aller Regel auch ein Freund der Demokratie ist, in die Enge zu treiben. Und wie Sie wissen …", „Ja, ich weiß", warf Frau Wichmann ungeduldig ein, konnte Rs. Redefluss aber nicht unterbrechen. Und wie sie wisse, würden besonders wichtige Entscheidungen im Kabinett gefällt. Wenn die Opposition ihre Pflicht erfüllen wolle, sei es erforderlich, darüber etwas zu erfahren, was in der Ministerrunde besprochen werde. Beileibe nicht alles, es müsse schließlich auch ein paar Geheimnisse geben …

„Und was hab ich damit zu tun", warf Frau Wichmann schon wieder reichlich aufmüpfig ein.

R. merkte, dass es an der Zeit war, zur Sache zu kommen, um Frau Wichmanns Ungeduld nicht zu erhöhen. Er wolle nicht länger um den heißen Brei herumreden und die Katze aus dem Sack lassen, sagte er daher. „Mein Anliegen besteht darin, von Ihnen, liebe Frau Wichmann, ein paar Einzelheiten aus den Sitzungen des Kabinetts zu erfahren."

Die ersten Sekunden der folgenden Stille nutzte R., um den noch immer friedlich äsenden Rehbock zu beobachten. Hätte Frau Wichmann den Hörer aufgelegt, wäre es das Todesurteil für den Rehbock gewesen. Aber R. hörte sie schwer atmen, und als im Hintergrund eine Uhr nach den Tönen des Big Ben anschlug, sagte sie: „Und was habe ich davon?"

„Mein Wohlwollen und das meiner politischen Freunde", antwortete R. „Mehr nicht, kein Geld."

„Rufen Sie mich morgen Abend wieder an", sagte Frau Wichmann und beendete damit abrupt das Gespräch. Als habe er das Freizeichen gehört und die Gefahr erkannt, verschwand im selben Augenblick der Rehbock mit großen Sprüngen im Dickicht.

Am nächsten Abend war Frau Wichmann gesprächiger. Ja, sie sei zur Mitarbeit zum Wohle der Demokratie bereit, gehe davon aus, bei einem Machtwechsel nicht vergessen zu werden, verriet, dass sie ohnehin mehr Sympathie für die gewesene als für die gegenwärtige Regierung hege. Zumal der neue Ministerpräsident sie neulich gerügt habe, weil sie eine angeblich minderwertige Kekssorte gekauft und sich beim Servieren ungebührlich lange im Konferenzraum aufgehalten haben soll.
Man vereinbarte alle drei Wochen einen Gedankenaustausch.

Kapitel 11

DAS SCHATTENKABINETT

Am Tag nach der Absprache mit Frau Wichmann verfasste R. einen Brief an die Minister seines ehemaligen Kabinetts. Natürlich nur an die Mitglieder der eigenen Partei. In dem Schreiben regte er an, sich jeden Monat einmal in seinem Haus zu treffen, um über die politische Lage zu beraten. Ein Sportler, der durch widrige Umstände zur Unterbrechung seiner Karriere gezwungen worden sei, müsse schließlich auch im Training bleiben, um nach Ablauf der Sperre oder nach Heilung der Verletzungen wieder zu neuer Form auf-

laufen zu können. Und er gehe selbstverständlich davon aus, dass die Parteifreunde ihren Marschallstab nur kurzfristig abgegeben hätten und jederzeit bereit sein müssten, wieder Verantwortung für das Wohl der Mitbürger zu übernehmen. Nach drei Tagen hatten alle Angeschriebenen geantwortet. Ihr übereinstimmendes Urteil lautete: Die Idee sei geradezu genial, die Argumente hätten sie so überzeugt, dass sie mit allergrößter Begeisterung ihre Zustimmung gäben. Der gerne mit seiner literarischen Bildung kokettierende Finanzminister fügte noch hinzu: Wann treffen wir Fünf wieder zusammen? Konnte es sich auch nicht verkneifen, die Originalzeilen vom Treffen der Hexen in Shakespeares „Macbeth“ in Klammern hinzuzufügen (When shall we three meet again, in thunder, lightning or in rain?“)
Man traf sich bei angenehmem Herbstwetter, machte einen ausgedehnten Spaziergang um den See, schaute beim Pächter Otto Carstens vorbei, der erst in großen Gläsern einen scharfen Schnaps einschenkte und dann sein Lieblingsthema ansprach: Die Kormorane. Sie seien die Pest. Ein Dutzend gebe es bereits am See, und die Fischerei lohne sich kaum noch. Bei kleineren Gewässern könne man ja Netze aufspannen, der Westsee sei für eine solche Schutzmaßnahme aber viel zu ausgedehnt. Da helfe nur die radikale Lösung: Man müsse die gefiederten Ungeheuer abknallen, rücksichtslos, und zwar alle. Wenn mal eines dieser Biester während einer Entenjagd tot vom Himmel falle, – und bei diesen Worten blickte der Pächter augenzwinkernd auf R. –, dann sei das nur ein erfreulicher Anfang, aber auch nicht mehr als ein Tropfen auf den heißen Stein.

„Soll ich noch einen nachfüllen", schob Otto Carstens etwas unvermittelt in seine Klagen ein. Und bis auf den Finanzminister ließen alle nachschenken.
Also, es müsste ein Gesetz her, das die Ausrottung der Kormorane zur Pflicht mache, hob der Teichwirt von neuem an und ließ erkennen, dass er seine alten Argumente wiederholen würde. Um dies zu verhindern versicherte R. „Wir werden den Kampf gegen die Kormorane aufnehmen", jetzt aber müsse man aufbrechen, es stünden noch wichtige Beratungspunkte auf der Tagesordnung. Zum Abschied wollte der Pächter noch einmal nachschenken, diesmal lehnten jedoch alle ab. Nur er selbst füllte erneut sein Glas und verkündete: „Ich krieg euch, ihr Ungeheuer", und gemeint waren die Kormorane.
Die wärmende Herbstsonne von außen und die scharfen Getränke von innen hatten die kleine Gesellschaft in ausgelassene Stimmung versetzt und beflügelten die Gespräche. Alle lobten erneut wortreich die gute Idee des Gastgebers, sich nicht, wie es der Innenminister formulierte, kampflos aus dem Tagesgeschäft zurückzuziehen, sondern sich tatkräftig auf kommende Aufgaben vorzubereiten.
Wie wichtig die wieder belebte Gemeinschaft nicht nur für die Zukunft, sondern auch für die Gegenwart war, ließ sich an den Gesprächen der Spaziergänger erkennen. Es waren teilweise sogar Geständnisse.
Der Sozialminister verriet, dass mit dem Verlust des Amtes seine zuvor zufriedenstellende Ehe in heftige Turbulenzen geraten sei und sogar eine Auflösung nicht mehr ausgeschlossen werden könne. Vom Finanzminister kamen Kla-

gen über gesundheitliche Probleme. Die einst seltenen Anfälle von Migräne hätten sich gehäuft, oft fühle er sich matt und überflüssig. An manchen Tagen müsse er sich zwingen, überhaupt das Bett zu verlassen.

R. bereiteten diese Bekenntnisse Unbehagen. Er mischte sich nicht in die Gespräche ein, beschleunigte seine Schritte, erreichte als erster das Haus und rief beim Eintreten aufgeräumt „So, damit genug parliert, jetzt geht es an die Arbeit. Wir sind hier ja nicht zum Vergnügen."

Den langen Eichentisch in der alten Diele hatte R. am Morgen sorgfältig gedeckt. An jedem Platz stand ein Gedeck, daneben lagen Block und Bleistift. Zwei Thermoskannen enthielten Tee und Kaffee, zwei Schalen aus Kopenhagener Porzellan waren randvoll mit Keksen gefüllt. Es war die gleiche Sorte, wie sie Frau Wichmann seit vielen Jahren im offiziellen Kabinett serviert hatte. Das Blatt mit der Tagesordnung trug die Überschrift „Erste Sitzung des Schattenkabinetts. Es folgten die Punkte Einführung, Bericht aus der letzten Sitzung des Landeskabinetts, Aussprache, Verteilung von Aufgaben, Sonstiges. An der Stirnseite des Tisches stand ein gepolsterter Stuhl mit besonders hoher Rückenlehne, und auf dem Tisch lag die Glocke, die alle Anwesenden aus ihrer Amtszeit kannten. Als R. sie in die Hand nahm und kräftiger als notwendig ertönen ließ, schlugen die Mitglieder des Schattenkabinetts vor Begeisterung mit der flachen Hand so kräftig auf die Tischplatte, dass es klang, als würde ein Trommler zur Eröffnung einer Schlacht anspornen. Der Finanzminister war nicht nur begeistert, sondern zusätzlich so gerührt, dass seine Augen feucht glänzten.

R. eröffnete die Sitzung ausgesprochen förmlich und erläuterte die vorgesehenen Verhaltensregeln sowie die wesentlichen Punkte einer Geschäftsordnung: Die Bestimmungen sahen Krawattenzwang vor und erlaubte nur an heißen Tagen das Ablegen der Jacketts. Nach hanseatischem Vorbild sollte als Anrede der Vorname verwendet werden, allerdings verbunden mit einem Distanz andeutenden Sie. Außerhalb der Sitzungen war jedoch weiterhin das vertraute Du gestattet.

Die Geschäftsordnung verlangte strenge Vertraulichkeit aller Gespräche und Beschlüsse. Dem Vorsitzenden wurde das Recht eingeräumt, ein Mitglied des Schattenkabinetts zu entlassen, er durfte jedoch keine neuen Minister ernennen. Die Tätigkeit war ehrenamtlich, um die Treffen geheim zu halten, sollten die gefahrenen Kilometer nicht beim Finanzamt geltend gemacht werden.

Vor der Abstimmung gab R. folgende Erklärung ab: „Sie werden am Tisch die Kollegin Kultusministerin vermissen. Der eine oder andere vielleicht auch nicht. Da sie sich auch nach dem Ausscheiden aus dem Amt geweigert hat, unserer Partei beizutreten, habe ich darauf verzichtet, sie ins Schattenkabinett zu berufen. Um die Kultur nicht zu vernachlässigen, schlage ich vor, den bisher für kulturelle Themen zuständigen Staatssekretär in unser Kabinett aufzunehmen." Zwar hätte der Finanzminister diese Aufgabe gern zusätzlich übernommen, aber da niemand diesen Vorschlag machte, stimmte auch er dem Antrag zu.

Mit seinem Bericht über Einzelheiten aus den jüngsten Sitzungen des Landeskabinetts sorgte R. für Erstaunen und

Bewunderung. Er wusste zu berichten, dass über eine die Regierung scharf kritisierende Sendung des regionalen Fernsehens diskutiert und beschlossen worden war, die Angelegenheit im Rundfunkrat zur Sprache zu bringen. Als wäre er persönlich dabei gewesen, schilderte er Einzelheiten über Kandidaten, die sich um die Leitung des wichtigsten Museums im Land beworben hatten und berichtete genüsslich, mit welchen Worten der Ministerpräsident seinen Kultusminister getadelt hatte, weil er zum wiederholten Mal ohne überzeugende Begründung einer Versammlung des Philologenverbandes ferngeblieben war.

Woher er denn diese Einzelheiten wisse, fragte erstaunt der Innenminister, woraufhin R. nur vielsagend lächelte und sagte, er habe da seine zuverlässige Quelle, die natürlich allergrößten Schutz genieße. Das sahen alle ein.

Eigentlich sollten noch weitere Tagesordnungspunkte behandelt werden, aber es war nicht zu übersehen, dass sich allgemeine Müdigkeit ausbreitete, die nicht zuletzt auf den etwas reichlich ausgefallenen Begrüßungstrunk beim Teichwirt Otto Carstens zurückzuführen war. Deshalb schloss R. die Sitzung vorzeitig und ging zum gemütlichen Teil des Treffens über.

Der bestand darin, dass er zunächst um etwas Geduld bat, aus der Küche erst Teller und Löffel holte und anschließend mit einer dampfenden Schüssel zurückkehrte: „Birnen, Bohnen und Speck“, verkündete er, und man sah ihm an, dass er sein Lieblingsgericht servierte.

Da sich alles in der Welt geradezu rasend schnell verändere, habe er nach Rücksprache mit Frau Susanne beschlossen, jede Sitzung des Schattenkabinetts mit diesem traditionellen Gericht ausklingen zu lassen. Er gehe davon aus, dass keiner der Anwesenden etwas gegen dieses köstliche Mahl einzuwenden habe. Oder?

Dem Justizminister war anzusehen, wie in ihm Höflichkeit und Ablehnung miteinander kämpften. Dann räusperte er sich und sagte, also, er werde selbstverständlich eine kleine Portion des gewiss köstlichen Gerichts probieren. Wenn es keine allzu großen Umstände bereite, würde er bei kommenden Treffen jedoch dicken Reis mit Zucker und Zimt bevorzugen.

R., der sich gerade als Erster seinen Teller füllte, hielt einen Augenblick verblüfft inne; denn es war ihm unbegreiflich, dass jemand von Bohnen, Birnen und Speck nicht restlos begeistert sein konnte. Ein wenig war er sogar verärgert, ließ es sich jedoch nicht anmerken und sagte: „Die Leute aus Pommern wissen einfach nicht, was gut ist". Daraufhin füllte er seinen Teller demonstrativ bis kurz vor dem Überlauf und versprach die Bereitstellung von dickem Reis mit Zimt und Zucker.

Nach dem Spaziergang, dem Umtrunk, der Kabinettssitzung und dem Essen war die kleine Gesellschaft ziemlich ermüdet und hätte nur zu gern die Heimreise angetreten. R. aber wirkte unermüdlich und kündigte innerhalb des gemütlichen Teils einen weiteren Tagesordnungspunkt an. Eine wesentliche Absicht der Zusammenkünfte sei schließlich die Pflege des Gemeinschaftsgefühls, und wie gewiss alle seit Kindestagen wüssten, sei das Spielen ein vorzügliches Mittel, um soziale Bindungen zu stärken.

„Darf ich bitten, liebe Freunde." Mit diesen Worten führte R. daraufhin seine Gäste in einen Nebenraum, wo auf einem Tisch mehrere Kartons mit Spielen lagen. „Ich schlage zum Auftakt eine Partie Halma vor", empfahl R. Man könne dann anschließend zu „Mensch ärgere dich nicht", „Monopoly" und „Mühle" übergehen.
Die Minister blickten erstaunt. Das habe man ja seit Kindestagen nicht mehr gespielt, sagte einer offensichtlich wenig begeistert. Ein anderer wandte ein, er kenne die Regeln nicht. Der Justizminister zeigte sich besonders unwillig und fragte, ob man nicht wenigstens eine ordentliche Runde Skat dreschen könne. Er sagte wirklich „dreschen".
R. hatte mit Einwänden gerechnet und erklärte noch einmal, warum das gemeinsame Spiel so wichtig sei für die Stärkung des gegenseitigen Vertrauens. Und er drückte sich aus, als spreche er zu Kindern, die über ein Geschenk enttäuscht sind, und nicht zu gestandenen Persönlichkeiten, die über das Wohl eines Landes zu entscheiden hatten. Skat sei doch wirklich kein Spiel, das das Gemeinschaftsgefühl fördere, gab er zu bedenken, sondern es führe zu Gegensätzen. „Mühle" dagegen stärke das Kombinationsvermögen, „Mensch ärgere dich nicht" zügele das Temperament, „Halma" bereite gute Laune. Damit wollte R. seine spielpädagogischen Erläuterungen eigentlich beenden. Der Finanzminister aber fragte etwas gereizt, welche Vorteile das „Monopoly" biete, eine Frage, die in der Runde Heiterkeit hervorrief. „Dabei kann man lernen, wie man sparsam mit Geld umgeht", antwortete R. nun seinerseits ein wenig spitz.

Da auf dem Spieltisch auch noch eine Flasche Beaujolais stand, verbesserte sich die zunächst etwas beeinträchtigte Stimmung jedoch schnell.
Zwei Stunden vergingen wie im Flug. Bis auf „Monopoly“ kamen alle Spiele zum Einsatz, und hätte der Hausherr nicht behauptet, er müsse sich unbedingt auf einen Abendtermin vorbereiten, was nicht ganz der Wahrheit entsprach, es wäre auch noch zu einem Besuch in der „Schlossallee“ und im „Bankenviertel“ gekommen.
Bei der Verabschiedung machte der Gastgeber den nicht ganz ernst gemeinten Vorschlag, der Innenminister möge vorausfahren, weil er seine Polizeibeamten nach wie vor gut kenne. Sachlich begründet war diese Bemerkung nicht, denn bei allen Mitgliedern des Schattenkabinetts lag der Alkoholpegel unter 0,8 Promille, allerdings nur sehr knapp.

Kapitel 12

ERPRESSUNG

Erstaunlich viele Menschen können sich nicht vorstellen, dass ein Ministerpräsident, der sein Amt verloren hat, mit diesem Verlust auch die Macht einbüßt. Sie sind vielmehr fest davon überzeugt, der einst so Einflussreiche verfüge immer noch über Zugang zu Geldquellen, sei in der Lage,

Entscheidungen zu beeinflussen, könne jederzeit gute Taten vollbringen.
Da sich R. stets volkstümlich gezeigt und wohl tausend Mal versprochen hatte, er werde sich kümmern, teilte ihm das Volk nun auf vielerlei Wegen mit, dass es die oft angebotene Hilfe gern in Anspruch nehmen möchte. Eine verlorene Wahl sei doch wohl kein Grund, alle Zusagen ungültig zu machen. Folglich verging kaum eine Woche, in deren Verlauf bei R. nicht mündlich oder schriftlich Bitten und Klagen eingingen. Eine Rente war zu gering, ein Gerichtsurteil ungerecht, der Bescheid einer Behörde unverständlich. Mal kündigte jemand an, er werde im Zorn auswandern, ein anderer wollte das für ihn zuständige Finanzamt in die Luft sprengen. R. tröstete, teilte Sorgen, warnte vor Gewalt, erinnerte daran, dass jetzt leider, leider sein Nachfolger für die beklagte Angelegenheit zuständig sei.
Und dann erreichte ihn aus dem Ort, in dem er viele Jahre gelebt hatte, ein besonders dringender Hilferuf. Das Gemeindehaus, so klagte der Bürgermeister in einem Schreiben, sei derart baufällig, dass es nicht mehr benutzt werden dürfe. Die Dachkonstruktion könne jederzeit zusammenbrechen. Die Heizung müsse erneuert werden, die sanitären Anlagen seien eine Katastrophe. Weder für die Jugend noch für die Alten gebe es somit einen Treffpunkt. Geld für die Reparatur sei nicht vorhanden, kurzum, man benötige 300 000 Euro.
„Nun lass mal deine guten Beziehungen spielen", hatte der Bürgermeister handschriftlich hinzugefügt. „Wenn du uns hilfst, benennen wir den Dorfplatz nach dir."

R. hatte den Brief schon drei Wochen lang unbeantwortet gelassen, weil er keinen Rat wusste. Woher sollte er die stattliche Summe nehmen? Selbst als Ministerpräsident hätte er sie, wenn überhaupt, nur mit größter Mühe beschaffen können.
Der rettende Gedanke kam ihm auf dem Hochsitz.
Noch am Abend desselben Tages schrieb er zwei Briefe. Einen an den Bittsteller, dem er mitteilte, er habe einen sehr guten und sehr wohlhabenden Bekannten, der gern gute Taten vollbringe. Das zweite Schreiben trug die Unterschrift seines ungeliebten Nachfolgers und war an einen in der Tat sehr wohlhabenden Geschäftsmann gerichtet. Der hatte sich wiederholt um den Ankauf eines günstig gelegenen Grundstücks bemüht, hielt den vom Land geforderten Preis jedoch für völlig überzogen, womit er nicht unrecht hatte.
R. benötigte mehrere Entwürfe, ehe er den richtigen Ton gefunden hatte und die delikate Botschaft seiner Vorstellung entsprach: Nach reiflicher Überlegung sei er in seiner Eigenschaft als Ministerpräsident, aber vor allem auch als Parteifreund zu der Überzeugung gelangt, dass die so lange andauernden Verhandlungen über das Grundstück am Autobahnzubringer zum Abschluss gebracht werden sollten. Schließlich würden durch das geplante Einkaufszentrum zahlreiche Arbeitsplätze geschaffen. Er möchte nicht missverstanden werden, aber das Prinzip Geben und Nehmen sei nun einmal bei der Lösung von schwierigen Problemen für beide Seiten hilfreich. Deshalb mache er folgenden Vorschlag: Die Gemeinde Tankdorf benötige für die Renovierung ihres Gemeinschaftshauses dringend einen

Betrag von 350 000 Euro und würde den edlen Spender mit Wohlwollen überschütten. Die Erfüllung dieses Wunsches würde ihn, den Ministerpräsidenten und Parteifreund, unverzüglich veranlassen, die unterbrochenen Verhandlungen über den Verkauf des besagten Grundstücks wieder aufzunehmen. Natürlich mit dem Ziel, in einem Kompromiss eine schnelle Einigung zu erzielen.

„Ich erwarte äußerste Diskretion und eine sofortige Vernichtung dieses Schreibens. Mit besten Grüßen von Parteifreund zu Parteifreund…". R. steckte den Brief in einen normalen Umschlag und brachte ihn persönlich zur Hauptpost.

Drei Wochen später meldete ihm der Bürgermeister von Tankdorf erst telefonisch, dann zusätzlich über ein nur aus Lob bestehendes Schreiben, dass ein unbekannter Spender 350 000 Euro überwiesen habe.

Kapitel 13

UNTER PROMINENTEN

Frau Susanne besaß ein feines Gespür für drohende Gefahren. Deshalb hatte sie den Gatten wiederholt daran erinnert, dass er ihr fest versprochen hatte, sich in kleinen, aber festen Schritten aus dem politischen Geschäft zurückzuziehen.

Über die Einberufung des Schattenkabinetts war sie daher auch nicht begeistert, wollte zunächst nicht einmal das traditionelle „Birnen, Bohnen und Speck“ kochen.
Ausgesprochen verärgert war sie, als der Gatte ihr mitteilte, dass die Parteiführung ihn überredet hatte, sich als Delegierter für den bevorstehenden Bundesparteitag wählen zu lassen. Er habe den drängenden Bitten einfach nicht widerstehen können, räumte R. ziemlich kleinlaut ein. Seine Zerknirschung über die Zusage war jedoch nicht ganz ehrlich, denn R. hatte Parteitage immer geliebt. Nicht wegen der Reden, Diskussionen und Abstimmungen, sondern wegen der Nähe zu Menschen, die er lange kannte. Viele von ihnen liebte er ebenso wenig wie die stundenlangen Beratungen im Plenum, gleichzeitig aber sehnte er sich danach, Leute zu treffen, die er im Grunde genommen nicht ausstehen konnte. Diese gelackten Typen von der Nachwuchsorganisation. Jeder Satz, den sie sprachen, schien dem Parteiprogramm entnommen. Ständig blickten sie verbissen in die Zukunft. „Wir müssen Perspektiven haben und aus den Fehlern der Vergangenheit unsere Lehren ziehen.“ Wie oft hatte er diesen Satz schon hören müssen. Und ständig war irgendeine Personalie von allergrößter Bedeutung. Es sei dringend erforderlich, diesen oder jenen Kandidaten „in den Vorstand zu drücken“. Dabei wäre es für den vermeintlichen „Mann der Zukunft“ viel wichtiger, nach bestandenem Abitur und erfolgreicher Führerscheinprüfung einen Studienplatz statt einen Sitz im Parteivorstand zu erlangen.
Und die Alten konnten ihn genauso aufregen. Stets hieß es „Früher haben wir das so gemacht“ und „schon Adenauer

hat immer gesagt…" R. nahm sich einmal mehr fest vor, das Wort „früher" nie mehr zu verwenden. Er hätte allerdings auch beschließen können, grundsätzlich nicht mehr über das Wetter zu sprechen.
Der Parteitag, auf dem er seinen Landesverband vertreten sollte, fand wieder einmal in Berlin statt. Früher – ja, denken durfte er das Wort, nur nicht sagen –, also in der Vergangenheit, war er natürlich gefahren worden. Jetzt reiste er im ICE an. Erst zum Bahnhof. Diese engen Parkhäuser kann nur ein bekennender Fußgänger, bestenfalls ein Radfahrer konstruiert haben. Fahrkarte am Automaten lösen? Aussichtslos. Am Schalter eine lange Schlange. Durch seine Ankunft senkte er das Durchschnittsalter der Wartenden beträchtlich. Eine ältere Dame, na ja, vielleicht sein Alter, will nach Paris. Mein Gott, was will die noch in Paris! Soll sie doch nach Bad Doberan fahren. Als er die mürrische Frau am Schalter fragte, ob es hier immer so lange dauere, schnappte sie zurück, den Fahrschein nach Berlin könne man auch bequem am Automaten ziehen. Eine Spur freundlicher wurde sie erst, als R. „ein Billet erster Klasse" bestellte. Daraufhin bekam er sogar ein „Schönen Tag noch" kostenlos mitgeliefert.
Wie lange war er schon nicht mehr mit dem Zug gereist. Immerhin, beim Gang durch den Großraumwagen erkannten ihn offenkundig gefühlte 20 Prozent der Mitreisenden. Einige grüßten, andere versteckten sich eilig hinter ihren Zeitungen. Eine für ihr Alter zu reichlich geschminkte Dame rief laut „Guten Morgen, Herr Ministerpräsident". Daraufhin blickten 60 Prozent der Reisenden neugierig auf. R.

dachte: Das nächste Mal klebe ich mir einen Bart ans Kinn und setze eine Sonnenbrille auf.
Eine Stunde vor der geplanten Ankunft stoppte der Zug auf freier Strecke. Über Lautsprecher kam der Hinweis, wegen eines Defekts im Triebwagen erfolge die Weiterfahrt in Bussen. Um sie zu erreichen, mussten die Passagiere ein abgeerntetes Maisfeld überqueren. Erst mit zweistündiger Verspätung war Berlin erreicht. R. beschloss spontan, nie wieder einen Bahnhof oder gar einen Zug zu betreten.
Sein erster Weg in der Hauptstadt führte ihn in ein Schuhgeschäft. Ein Verkäufer bat schon am Eingang, er möge bitte die doch sehr verschmutzten Schuhe an der Tür zurücklassen. R. nahm sich fest vor, die Kosten für den Ersatz der Bahn in Rechnung zu stellen, was er später doch nicht tat.
Erschöpft und verärgert wie er mittlerweile war, wäre er am liebsten gleich wieder nach Hause gefahren. Aber er hatte sich ja leider gerade vorgenommen, Zug und Bahnhof zu boykottieren. Daher nahm er ein Taxi zum Hotel, stellte fest, dass sein reserviertes Zimmer genau über dem Haupteingang lag und forderte eine ruhigere Alternative.
Auf dem Parteitag hatten ihn die Delegierten seines Landesverbandes bereits vermisst. „Wie schön, dass du doch noch gekommen bist", begrüßte ihn der Landesvorsitzende, den R. für eine Fehlbesetzung hielt. Zwei Reden hatte er schon versäumt, drei weitere musste er noch anhören.
Die Mittagspause nutzte R. zu einem Spaziergang. Was zog ihn zum Kanzleramt? Vor einem Jahr war er zuletzt hier. Noch mit Chauffeur vorgefahren und von der Wachmannschaft durchgewunken. Die Hausherrin wollte mit den

Landesfürsten irgendetwas Finanzielles abstimmen. Was es genau war, hatte er vergessen. Jetzt kannte ihn hier kein Mensch mehr. Vom Kanzleramt spazierte er zur Landesvertretung. Dort würde ihn schon der Pförtner herzlich begrüßen. Schließlich war er in dem etwas protzig geratenen Gebäude zehn Jahre lang eine Art Hausherr gewesen. Er wollte nur mal vorbeischlendern, vielleicht einen kurzen Blick in die Eingangshalle werfen. Prüfen, ob sich etwas verändert hat.

Da die Eingangstür offen stand, betrat er die große Halle. Der Pförtner musste neu sein, kannte ihn daher nicht. R. wollte daraufhin wieder gehen, als ihm der Name Konzelmann einfiel. Er hatte ihn persönlich und vorzeitig zum Ministerialrat befördert. Ihn könnte er besuchen. Er nannte dem Pförtner seinen Namen und bat um Anmeldung. Der Pförtner telefonierte und teilte mit, der Herr Ministerialrat sei gerade in einer wichtigen Besprechung. In einer Stunde hätte er Zeit.

„Na, dann eben nicht", sagte R. und ging. Seine Stimmung hatte sich weiter verschlechtert.

Die Mittagspause war längst beendet, er hätte ins Konferenzzentrum zurückkehren müssen. Stattdessen ging er ins Café Einstein. Dort berichtete gerade der ehemalige Außenminister am bevorzugten Fensterplatz einer sehr eleganten Dame im allerbesten Alter gut hörbar, dass er Gaddafi schon vor drei Jahren unmissverständlich gesagt habe, er müsse mehr für die Einhaltung der Menschenrechte tun, anderenfalls seien Auswirkungen auf das Ölgeschäft auf Dauer nicht zu vermeiden. Das gleiche habe er,

und zwar noch eine Spur schärfer, dem Hussein gesagt. Hätten die Herren Diktatoren seine Warnungen beachtet, die gesamte Entwicklung im Nahen Osten wäre in völlig anderen Bahnen verlaufen.
Die Dame antwortete, diese Auskunft sei ja wirklich hoch interessant, gleichzeitig verriet sie jedoch, es falle ihr stets schwer zu unterscheiden, welcher der beiden Diktatoren welches Land regiere. Der Außenminister hielt das fälschlicherweise für einen Scherz und lachte sein heiseres Lachen. Da im Café Einstein fast alle Gäste prominent sind oder sich zumindest für prominent halten, blicken die meisten auch nur betont kurz auf, wenn wirkliche Prominenz eintritt. Gerhard Schröder war zunächst gar nicht zu sehen, denn ihm voran schritten zwei Bodyguards, die beinahe doppelt so groß waren wie der Alt-Kanzler. Als er am Tisch des Außenministers vorbeiging, schlug er ihm kräftig auf die Schulter und rief dröhnend: „Na, Joschka, altes Haus, gibst du wieder mal den Weltenerklärer?" Die Dame amüsierte sich darüber köstlich, der Außenminister nicht so sehr. Er sagte nur „Vor den Sozen ist man auch nirgends sicher". Obwohl die Antwort nicht besonders geistreich war, lachte Schröder kräftig.
R. wollte sich gerade ein zweites Stück Nusstorte bestellen, als sein Handy vibrierte. Der Landesvorsitzende bat um Anwesenheit, die Reihen hätten sich besorgniserregend gelichtet, die Wahl des Präsidiums stehe an. R. machte sich daraufhin ohne Begeisterung auf den Weg ins Kongresszentrum. Viel lieber hätte er auf den nächsten echten prominenten Gast gewartet.

Der Parteitag diskutierte noch immer über die Änderung der Geschäftsordnung. R. überlegte, ob er sich zu Wort melden sollte. Nicht etwa, weil er einen Verbesserungsvorschlag machen wollte, sondern nur, um seine Anwesenheit für das Protokoll zu dokumentieren. Doch er wäre die Nummer 31 auf der Rednerliste und hätte etwa eine Stunde auf seinen Einsatz warten müssen. Dann eben nicht, sagte er sich.
Länger als eine Stunde hielt er es nie auf dem harten Stuhl im Lager der Delegierten aus. Dann stand er erneut in der stickigen Lobby, trank schon wieder einen Kaffee, obwohl er wusste, dass er damit seinen Kreislauf ärgerte. Dennoch fühlte er sich an den umlagerten Stehtischen wohler als im Plenum, jedenfalls solange die Gespräche weder zu einfältig noch zu grundsätzlich wurden.
Als der Vorsitzende der Nachwuchsorganisation ihn fragte, wie er sich im Ruhestand fühle und ob er noch Pläne habe, antwortete er: „Ich plane gerade einen Banküberfall und suche noch einen Komplizen.“ Der Vorsitzende wusste nicht recht, wie er auf diese Ankündigung reagieren sollte, und während er noch darüber nachdachte, war R. an einen anderen Stehtisch gewechselt.
Zu jedem Parteitag gehört ein bunter Abend, der für viele Teilnehmer bis in die frühen Morgenstunden dauert und bei der Endabrechnung ein Lebensjahr verbraucht. R. genoss dieses gemütliche Beisammensein mit Gleichgesinnten, hatte sich jedoch zur festen Regel gemacht, kurz vor Mitternacht ins Hotel zurückzukehren. Bis dahin war alles gesagt, was gesagt werden musste, und das kalte Büfett reichte ohnehin nur bis 22 Uhr.

Es war guter Brauch, dass sich die Parteivorsitzende im Laufe des Abends unter die Delegierten mischte, das heißt, sie ging an die Tische der einzelnen Landesverbände und wechselte mit Gesichtern, die sie kannte, einige Worte. Entdeckte sie einen Landesfürsten, dauerte das Gespräch manchmal sogar mehrere Minuten. Da viele Ohren mithörten, wurde von beiden Seiten nichts Bedeutendes oder gar Brisantes besprochen. Wichtig waren nicht Inhalte, es sollte für alle sichtbar nur Wohlwollen dokumentiert werden.
An diesem Abend aber wurde R. daran erinnert, dass er ein Jahr zuvor eine Wahl verloren hatte. „Meinen lieben Hans-Christian aus dem Norden" pflegte die Vorsitzende ihn zu nennen und ihm dabei nicht nur die Hand zu schütteln, sondern auch vorsichtig über den Unterarm zu streicheln. Diesmal war sie schon fast an seinem Tisch vorbeigegangen, bremste wie ein Autofahrer vor der Radarfalle, musste zwei Schritte zurück machen, was ihr offensichtlich missfiel, schüttelte zwar Rs Hand, ließ jedoch den Unterarm unberührt und nannte ihn „unser tapferes Schlachtross aus dem Norden". R. wollte fragen, ob sie bei dem erwähnten Ross eher an schlachten oder an kämpfen gedacht habe, doch die Vorsitzende blickte bereits an ihm vorbei auf einen siegreichen Ministerpräsidenten am Nebentisch. Daher sagte er nur „Weiterhin viel Glück" und vermied damit auch das bisher benutzte Du. Statt der ihm zustehenden drei oder vier Minuten hatte er nur 30 Sekunden im Sonnenglanz der Macht gestanden. Und das Schlimmste war: Hundert Augenpaare hatten den Schattenwurf mitverfolgt.

Am nächsten Morgen meldete er sich bei seinem Landesvorsitzenden mit der Begründung ab, er habe mehrere wichtige Termine zu absolvieren und müsse daher leider abreisen.
Diesmal empfand er die Zugfahrt als angenehm. Am späten Nachmittag bestieg er den Hochsitz. Nach einer Stunde sah er die Parteivorsitzende in Gestalt eines kapitalen Sechsenders auf die Lichtung treten. Mit einem Blattschuss, wie er ihm seit Jahren nicht mehr gelungen war, streckte er den schon mehrfach verschonten Bock nieder. Mitleid verspürte er diesmal nicht.

Kapitel 14

ÜBER DEN WOLKEN

Reisen bereiteten R. wenig Vergnügen. Schon gar nicht, wenn das Ziel im Ausland lag. Fast alles war dort anders als zuhause. Das Essen zu fett, das Bett zu hart oder zu weich. Das Hotel zu laut. Besonders hasste er das stundenlange Sitzen in einem Flugzeug, in einem Zug, in einem Auto. Und endlich angekommen, sprachen die Leute in fremden Zungen. Die einzige Sprache, die er ein wenig verstand und kümmerlich sprach, war das Englische.
Und dann erreichte ihn diese Einladung zur Reise nach Amerika. Ein reichlich merkwürdiges Schreiben aus dem

Kanzleramt informierte ihn darüber, dass in der Delegation der Hausherrin überraschend ein Platz frei geworden sei, der kurzfristig vergeben werden könne. Falls Interesse bestehe, möge er sich umgehend melden. Ein Lückenbüßer also sollte er sein. Im ersten Augenblick wollte er absagen, aber das beigefügte Programm klang vielversprechend. Besuch im Weißen Haus, eventuell sogar ein Treffen mit dem Präsidenten, Gespräche im Pentagon, Abstecher zur UNO, Opernbesuch, Stadtrundfahrten. Die Liste mit den Teilnehmern enthielt klangvolle Namen. Drei Minister, Vorstandsmitglieder großer Banken und weltweit operierender Konzerne, ein Olympiasieger, sogar ein Nobelpreisträger. Ministerialrat war der niedrigste Rang in der Begleitmannschaft. Die drei Personenschützer blieben namenlos.

In drei Telefongesprächen versuchte R. zu ergründen, warum man ausgerechnet ihn, den Wahlverlierer berücksichtigt hat. Keiner wusste genaueres, die kurioseste Auskunft lautete, die Kanzlerin lege stets Wert darauf, alle sozialen Schichten gleichmäßig zu berücksichtigen. R. überlegte daraufhin, welche soziale Schicht er wohl repräsentiere, kam jedoch zu keinem sinnvollen Ergebnis und nahm sich vor, der Frage während des Flugs über den Atlantik nachzugehen.

In den sieben Tagen bis zur Abreise gingen noch vier Briefe mit dem Bundesadler ein. Schnell, schnell den Pass zwecks Einholung eines Visums, zwei dunkle Anzüge seien dringend zu empfehlen, die Hemden bitte wirklich schneeweiß und die Krawatten auf jeden Fall rot. Frau Susanne sagte mehrmals „Die Amis spinnen", und R. meinte ebenso oft „Lass man, sie haben auch ihr Gutes“, woraufhin Frau Susanne nachschob „Du denkst schon wieder an die Carepakete“.

Start der Reise war der Flughafen Köln/Wahn. Frau Susanne betätigte sich als Chauffeur. Abgesehen von dem Nobelpreisträger und dem Olympiasieger kamen alle anderen Mitglieder der Delegation in Autos der Oberklasse. Die Repräsentanten der Banken und der Konzerne öffneten die Wagentüren auch nicht selbst, sondern warteten, bis ihre Fahrer die Mützen aufgesetzt hatten und die Türen von außen aufrissen. Ihre Jacketts zogen alle ohne fremde Hilfe an. Einer trug sogar einen kleinen Lederkoffer selbst. Das Hauptgepäck bestand bei einigen aus vier Koffern. Die Chauffeure trugen das Luggage, wie sie formulierten, direkt zum Airbus „Konrad Adenauer“. Bei der Verabschiedung von ihren Herren legten sie die rechte Hand an die Mütze, einer schlug sogar noch die Hacken zusammen. R., der Nobelpreisträger und der Olympiasieger sorgten für Verwunderung, weil sie nur einen einzigen Koffer mitgebracht hatten.

Die Hauptperson traf erst ein, als schon alle Mitreisenden auf ihren Plätzen mit den Namensschildern saßen. Jeder wurde von der Kanzlerin mit Handschlag und den Worten begrüßt „Schön, Sie zu sehen“. Zu R. sagte sie „Ach wie schön, unser liebes Nordlicht“. Er wusste nicht recht, was er davon halten sollte. War es eine Auszeichnung oder doch nur ironisch gemeint? Sein Sitznachbar, der Vorstand eines Stahlkonzerns, sagte mit einem Unterton von Bewunderung „Sie kennen sich wohl gut?“ Und R. antwortete „Wir haben schon zusammen im Sandkasten gespielt.“

Das meinte er nur im politischen Sinn, doch an der Reaktion „Donnerwetter“ merkte er, dass der Herr über 14 000 Stahlkocher beeindruckt war. Fortan behandelte er den Spielkameraden deutlich respektvoller als zuvor, trat sogar die Benutzung der Armlehne an ihn ab.
Während seiner Amtszeit hatte R. bei Reisen den Komfort der ersten Klasse stets genossen. Die Betreuung in der Regierungsmaschine war noch einmal eine Klasse besser. Kaum in der Luft, servierte ein halbes Dutzend Stewarts den ersten Gang, im Laufe des Fluges folgten Delikatessen, die nicht aus einer engen Bordküche, sondern aus einem Feinschmecker-Lokal mit Sternekoch zu stammen schienen. Einige Mitreisende hatten sich offensichtlich durch mehrtägiges Fasten auf die Speisenfolge vorbereitet.
Trotz des reichhaltigen Angebots konnten dennoch nicht alle Wünsche erfüllt werden. „Nein, Austern haben wir heute nicht an Bord“, hieß es, und auch die Trüffel seien leider ausgegangen. Der Stewart nannte die Begründung für diese mit hörbarem Bedauern aufgenommenen Einschränkungen nicht, die lieferte stattdessen der eigentlich für das Gepäck zuständige Ministerialrat mit der Bemerkung, der Rechnungshof habe sich wieder einmal wichtig machen wollen, von überflüssigem Luxus gesprochen und mehrere Gerichte von der Speisekarte streichen lassen.
Die Beschränkung der alkoholischen Getränke auf eine kleine Flasche Spätburgunder war dagegen keine Sparmaßnahme, sondern auf einen Vorfall zurückzuführen, der zwei Jahre zurücklag, aber immer noch in mehreren Versionen berichtet wurde: Bei einer Reise ins südliche Af-

rika waren reichlich Sekt und Wein ausgeschenkt worden. Dabei hatte der Aufsichtsratsvorsitzende eines weltweit tätigen Konzerns nicht beachtet, dass die Wirkung alkoholischer Getränke über den Wolken deutlich stärker als auf Erden ist. Die Folgen wären unbemerkt geblieben, hätte die Kanzlerin nicht kurz vor der Landung ausgerechnet auch den vergnügten Zecher zum vertraulichen Gespräch in ihr Sonderabteil gebeten. Wie Teilnehmer dieser erlesenen Runde berichteten, habe der ansonsten außerordentlich distinguierte Manager bei der Verabschiedung die Kanzlerin mit den Worten umarmt „Wir beide wären ein Gespann, das die ganze Welt regieren könnte". Die Umarmung soll so intensiv ausgefallen sein, dass die Leibwächter bereits Anstalten machten, die beiden zu trennen.

Alle späteren Entschuldigungen brachten keine Entspannung und konnten eine doppelte Bestrafung nicht verhindern. Der Sünder wurde für alle Zeiten von der Einladungsliste gestrichen und der Ausschank von Alkohol bis auf besagte kleine Flasche Rotwein untersagt.

Da diese Einschränkung bekannt war, hatte sich eine Tradition entwickelt. Ein ebenso harter wie prominenter Kern von Führungskräften nahm an fast jeder größeren Reise der Kanzlerin teil.

An ein Mitglied dieser Kernmannschaft erging stets der Auftrag, „für die notwendigen Unterlagen" zu sorgen. Diese „Unterlagen" bestanden aus mindestens sechs Flaschen allerbestem Champagner. Zuständig für die Versorgung war diesmal der Bankvorstand, der aus verständlichen Gründen sein Handgepäck nicht dem Chauffeur überlassen wollte.

Da der stets gut informierte Regierungssprecher die, wie er formulierte, „Aktion Flachmann“ kannte und einen ähnlichen Zwischenfall wie bei der legendären Afrika-Tour unbedingt vermeiden wollte, pflegte er unter der Zusicherung striktester Verschwiegenheit ein kleines blaues Kreuz auf das Namensschild derjenigen Mitreisenden zu malen, die für das Hintergrundgespräch bei der Kanzlerin vorgesehen waren. Unbedingt nüchtern bleiben, hieß diese geheime Botschaft.

Als Neuling war R. für eine Vorladung zur Audienz noch nicht ausgewählt. Da er nicht zur Kernmannschaft gehörte, blieb er auch von der Versorgung mit Champagner ausgeschlossen.

Da müsse man sich eben wie beim Militär hochdienen, sagte sein Sitznachbar, ohne vom Bildschirm seines Laptops aufzublicken. „Bin erst bei 3 000“, fügte er unvermittelt hinzu. „Bis zur Landung müssen es 6 500 sein“. Und als R. ihn fragend anblickte, verriet er, dass von Mitarbeitern die Rede sei, demnächst ehemalige Mitarbeiter. Er sei auch nur für Europa zuständig, für den Kollegen im Bereich Asien seien das „Peanuts“, der habe mit ganz anderen Zahlen zu operieren. Natürlich fühle auch er mit den Betroffenen, aber ohne kräftige Einschnitte beim Personal sei die angestrebte Rendite von zwölf Prozent beim besten Willen nicht zu erreichen.

R. wollte gerade einwerfen, zwölf Prozent seien doch wohl ein etwas hochgestecktes Ziel, doch in diesem Augenblick eilte der Regierungssprecher durch den Gang und wisperte die Namen von sechs Vorständen, die die Kanzlerin zu sprechen wünsche. „Viel Erfolg", flüsterte R. seinem ebenfalls erwählten Nachbarn zu, der so hastig aufsprang als wäre ein Notausstieg angeordnet worden. Vergessen Sie die Rettungsweste nicht, hätte ihm R. am liebsten mit auf den Weg gegeben.

Kapitel 15

HOTEL WATERGATE

Die Unterbringung der Delegation war im Hotel „Watergate" vorgesehen. Zur Erinnerung wurde im Bordkino „Die Unbestechlichen" gezeigt. R. kannte den Film nicht, die drei auf eigene Kosten mitreisenden Journalisten dagegen kannten ihn auswendig. Sie wollten sich dennoch vor Lachen ausschütten, als der Reporter Bernstein seinen Bericht in eine wackelige Olympia-Schreibmaschine hackte und in der Tiefgarage seinen Informanten „Deep Throat" traf.
Der Name Watergate irritierte R. Sollte man Hotels nicht lieber abreißen, in denen sich menschliche Tragödien abgespielt hatten? Das „Beau Rivage" in Genf ebenso wie „Watergate"? Mindestens die Namen hätte man doch ändern sollen. Berühmt gewordene Straftäter dürfen nach Verbüßung ihrer Strafe schließlich auch die Identität wechseln.

Und warum hatte es die Kanzlerin abgelehnt, mit der Delegation im Hotel „Watergate" zu übernachten? Weil sie politisches Gespür besaß und sicher sein konnte, dass sich kein Journalist Anspielungen auf die düstere Vergangenheit der Herberge entgehen lassen würde.
Während er seinen Koffer auspackte, erinnerte sich R. an den Artikel eines Wissenschaftlers, der anhand mehrerer Beispiele nachgewiesen hat, dass am Ort eines Verbrechens in der Folgezeit immer wieder größere und kleinere Straftaten begangen werden.
R. fragte sich, warum ihm gerade jetzt der nicht recht überzeugende, dazu noch kompliziert geschriebene Text einfiel. Dabei lag die Erklärung auf der Hand, genauer gesagt, stand auf dem Tisch: Ein Aschenbecher mit der Aufschrift „Watergate". Er wollte ihn sofort im Koffer verschwinden lassen, noch gerade rechtzeitig aber fiel ihm ein, dass er damit bis zur Abreise warten sollte. Auch das ebenfalls beschriftete Handtuch im Badezimmer hatte er sich bereits diskret reserviert. Dazu den Kugelschreiber und das Briefpapier. Sei ohnehin alles im Zimmerpreis berücksichtigt, beruhigte er sein mäßig schlechtes Gewissen. Und außerdem hätten die Verantwortlichen die Räume nach dem Besuch der Herren Einbrecher Liddy und Kumpanen gründlicher desinfizieren sollen, dann würden ehrenwerte Gäste gar nicht erst durch die von Kriminellen hinterlassenen Viren infiziert.

Kapitel 16

SIEGER UND VERLIERER

Der Termin für das Treffen im Weißen Haus war zunächst ungewiss, plötzlich hieß es: Morgen Nachmittag. Sieben Mitglieder der Delegation dürften die Kanzlerin begleiten. Aber wer? Sollte die Größe des Konzerns den Ausschlag geben? Müsste die mächtige Bank durch einen Repräsentanten vertreten sein?

„Sie sind mir alle gleich lieb oder auch nicht", hatte die Kanzlerin gesagt und dem Regierungssprecher die Lösung des Problems mitgeteilt: Es wird gelost. Also rief der über diese Aufgabe nicht sonderlich begeisterte Sprecher die Reisegruppe – ohne Journalisten und Ministerialräte – in den kleinen Sitzungssaal des Hotels, platzierte mit feierlicher Miene einen Sektkübel auf einem Beistelltisch und erklärte die Regeln: Unter den 27 Losen befinden sind sieben Gewinner, erkennbar an einem schwarzen Kreuz. Er bitte um Aufstellung in alphabetischer Reihenfolge. Öffnen der Lose erst auf den Zimmern, um spontane Emotionsausbrüche zu vermeiden.

Die schlechte Stimmung war nach dieser Ankündigung weder zu überhören noch zu übersehen. „Ein undemokratisches Verfahren" sei das, rief mit mühsam unterdrücktem Zorn der oberste Banker. Gar einen „Fall für das Bundesverwaltungsgericht" vermutete der Vorsitzende des Chemie-Weltkonzerns, das wäre bei einem Kanzler Kohl nicht passiert, protestierte der Chef des europäischen Raumfahrtunternehmens.

Der Regierungssprecher, der normalerweise in heiklen Situationen rote Bäckchen hatte, war ungewohnt blass geworden, erinnerte gleich zweimal daran, dass er nur den Vorschlag der Kanzlerin ausgeführt habe.
Ausgesprochen widerwillig erfüllten die Empörten auch die Bitte, dem Alphabet entsprechend eine Warteschlange zu bilden. Einige schienen gar nicht zu wissen, mit welchem Buchstaben ihr Name beginnt, drei mit den Initialen S. konnten sich nicht einigen, wer vor und wer hinter wem zu stehen habe. Und als die Reihe endlich einigermaßen gerade Aufstellung genommen hatte und die Ziehung der Lose beginnen sollte, rief ein Träger des Buchstaben M: „Ich beantrage eine Mischung der Lose durch eine neutrale Person". Daraufhin winkte der Regierungssprecher einen an der Tür stehenden farbigen Kellner herbei. Der verstand die Aufforderung „please mix" zunächst nicht und fragte „mix what?". Erst als der Regierungssprecher vorführte, was von ihm erwartete werde, rührte der Kellner laut lachend mit einer Hand in dem Sektkübel als behandele er einen Kuchenteig. Gleichzeitig lachte er immer lauter und hielt das Ganze für ein lustiges Spiel, dessen Sinn er nicht verstand.
R. beobachtete das Schauspiel ebenfalls mit Unverständnis. Waren das wirklich dieselben Männer, deren würdevolles und selbstbewusstes Auftreten er während seiner Amtszeit so oft erlebt hatte? Oder machten sich vielleicht alle nur einen gewaltigen Spaß? Er blickte hilfesuchend auf den würdigen Nobelpreisträger, der aber auch ratlos wirkte. Ähnlich unwohl hatte R. sich lange nicht mehr gefühlt.

Am liebsten hätte er seinen Platz in der Warteschlange aufgegeben. Aber schon stand er vor dem Sektkübel, griff mit einer Miene hinein, als bestünde der Inhalt aus ekligem Gewürm, steckte das Los in die Jackentasche und eilte geradezu fluchtartig ins Freie. Neugierig war er durchaus, doch er wollte die Spannung noch etwas genießen. Auf der Straße empfing ihn eisiger Wind, nur vereinzelt hasteten Fußgänger vorbei. Er hatte hell erleuchtete Geschäfte, pulsierendes Leben erwartet. Stattdessen blickte er auf mächtige graue Bürogebäude.
Die Kälte trieb ihn ins Hotel zurück. Mit einer Dusche und einem Glas Whisky aus der Minibar wärmte er sich, dann öffnete er das Los und war überhaupt nicht überrascht, als er das schwarze Kreuz sah.
Obwohl es in Deutschland schon Mitternacht war, rief er Frau Susanne an, teilte ihr mit, dass die Reise bisher angenehm verlaufen sei und sagte nebenbei: „Ach ja, morgen spreche ich im Weißen Haus mit dem Präsidenten".
„Grüß ihn herzlich von mir und sag ihm, er soll endlich in die Puschen kommen", bekam er als Auftrag. Er hätte mehr Begeisterung erwartet. Bereits beim Abendessen zeigte sich, dass die Delegation jetzt aus zwei Gruppen bestand. Nicht ganz zufällig hatten sich die Sieger und die Verlierer getrennt an den Tischen niedergelassen. Am Siegertisch war sogar noch eine weitere Trennung zu erkennen. R. glaubte zu spüren, dass die übrigen Gewinner ihm das schwarze Kreuz nicht gönnten. In ihren Augen war er schließlich ein Nobody. Er sollte keine Kontakte knüpfen und auch keine Verträge über Millionen schwere Aufträge unterschreiben.

Er ähnelte dem Gewinner eines Preisausschreibens, der einem Prominenten die Hand schütteln durfte. Ein vergeudeter Gewinn war das, darüber waren sich die ansonsten selten übereinstimmenden anderen Gewinner vollkommen einig.

Die Verlierer der Auslosung betrachteten dagegen alle Gewinner als Feinde. Ihren Zorn und ihre Enttäuschung versuchten sie durch übertriebene Fröhlichkeit zu verdecken. Sie hatten fest mit einem Foto vom Handschlag mit dem mächtigsten Mann der Welt gerechnet. Und nun drohte das Schlimmste. Nicht sie wurden mit dem Präsidenten abgelichtet, sondern ein Vertreter der Konkurrenz.

War wirklich schon alles verloren? Gab es vielleicht eine Schwachstelle in der siegreichen Mannschaft?

R. war vor dem noch eingeschalteten Fernsehapparat eingeschlafen, als ihn das Telefon weckte. Vielleicht wollte das Protokoll wissen, ob er den Tee mit oder ohne Milch zu trinken pflege? Oder das FBI hatte bereits mit der Sicherheitsüberprüfung begonnen?

Der Anrufer nannte seinen Namen nicht, aber sprach perfekt Deutsch. Ob man ins Geschäft kommen könne? Es sei doch völlig legitim, eine Niete gegen einen Gewinn einzutauschen. Auf völlig freiwilliger Basis, versteht sich, aber natürlich mit kleinen Gegenleistungen. Im Aufsichtsrat der konzerneigenen Stiftung werde demnächst ein Platz frei. Man halte schon seit langem nach einem erfahrenen Politiker Ausschau. Die Vergütung sei großzügig, ein Dienstwagen selbstverständlich, auf Wunsch auch ein kleines Büro, dazu Spesen und einige andere Annehmlichkeiten.

Die Überraschung machte R. sprachlos, der Anrufer spürte Hoffnung und sagte, er sitze in einer halben Stunde in der Hotel-Lobby, bis dann. Damit beendete er das Gespräch abrupt. Im selben Augenblick hatte sich R. entschieden, schaltete den Fernsehapparat aus und wollte gerade ins Bett gehen, als das Telefon erneut klingelte. R. nahm den Hörer ab und legte wieder auf. Zwei Minuten später folgte der nächste Anruf. R. rechnete mit derselben Stimme und wollte sich weitere Störungen energisch verbeten. Diesmal aber sprach jemand mit bayerischem Tonfall, und R. glaubte sogar, den Sprecher zu kennen. Wieder ein Tauschwunsch, wieder verbunden mit Gegenleistungen, darunter ein kostenloser Leihwagen der obersten PS-Klasse und gleichzeitiger Nutzung einer Villa im ligurischen Alassio.
R. kannte die Gegend. Im Sommer überlaufen und viel zu heiß. Einzelheiten könne man in einer Stunde in der Bar besprechen, sagte die bayerische Stimme.
„Zu spät, habe mich schon entschieden", antwortete R. und beendete das Gespräch. Im Wörterbuch schlug er nach, was Störung auf Englisch heißt, rief den Portier an und verbat sich drohend „any further disturbances by telefon".

Kapitel 17

IN THE TOILET

Die Überprüfung der Gewinner hatte begonnen, ehe sie es bemerkten. Der Regierungssprecher legte den Männern vom FBI Papiere vor, schwor heilige Eide. Am Gartentor zum Weißen Haus erfolgte die erste Körperkontrolle, am Haupteingang die zweite. R. hasste das Abtasten durch fremde Hände. Käme jetzt noch einmal ein Anruf, er würde das Angebot annehmen. Als die Gruppe vor dem Oval Office wartete, erinnerte sie an Bewerber um eine Mietwohnung. Zuerst durfte die vom Vizepräsidenten empfangene Kanzlerin eintreten, der Hausherr werde einige Minuten später kommen. Er habe noch einen wichtigen Termin. Die Herren, die gewohnt waren, andere warten zu lassen, mussten nun selber warten und wurden unruhig. „Sind wir Bittsteller?" murrten sie. „Sind wir Schuljungen?" „Bei Kohl wäre das nicht passiert."

R. hatte ein ganz anderes Problem. Er benötigte dringend eine Toilette. Sehr dringend sogar. Einen ganzen Tag konnte er normalerweise durchhalten und jetzt diese Peinlichkeit. War es die aufregende Umgebung? Lag es an den ungewohnten Getränken? Es blieb keine Zeit zur Ursachenforschung, es musste gehandelt werden. Dringend.

Den Eingang zum Heiligtum bewachten zwei farbige Soldaten in weißen Uniformen. R. schritt auf einen zu. Der Wächter vermutete einen Eindringling und breitete war-

nend die Arme aus. „Where is the WC?“ Der Mann verstand nicht „WC“. R. wiederholte „the toilet!“ „Ah, the toilet, straight on, then the second to the left.“
R. war schon unterwegs „gleich links, gleich links“. Die erste Abzweigung, nur eine Tür ohne Aufschrift, aber mit dem großen runden Präsidenten-Wappen und dem Adler in der Mitte. Er klopfte und öffnete vorsichtig die Tür. The Toilet. Alles edel und blank geputzt. Auf den weißen Handtüchern das Präsidentenwappen. Auch auf dem Urinal.
R. fühlte sich plötzlich etwas unwohl. In Eile war er ohnehin, jetzt beeilte er sich noch mehr. Weg, nur weg von diesem unheimlichen Ort. Auf das Händewaschen verzichtete er, hatte schon die Hand auf der Türklinke als er Stimmen und Schritte hörte. Offenbar mehrere Männer. Er wollte sie vorbeigehen lassen, aber die Geräusche verstummten direkt vor der Tür. R. drückte sich instinktiv an die Wand, und im nächsten Augenblick stand er dem Präsidenten gegenüber. Der blickte ihn mehr erstaunt als erschrocken an, hätte mit einem Schritt in den sicheren Flur zurücktreten können, sagte stattdessen aber nur „Hi, who are you?“
R. war bekannt dafür, dass ihn nichts aus der Fassung bringen konnte. Jetzt aber schlug sein Herz wie ein Hammer. Als habe ihn ein Polizist mit gezogener Waffe bei einer Straftat gestellt, hob er beide Arme, ließ sie jedoch gleich wieder sinken, musste sich zweimal räuspern und sagte: „Excuse me Sir, I am from Germany, also President, member of the delegation“, und dabei zeigte er in die Richtung, aus der er gekommen war. Hätte er in den großen Spiegel über dem Waschbecken geblickt und gleichzeitig seine

Worte gehört, er hätte gewusst, warum der richtige Präsident herzhafter lachte als R. es von dessen Auftritten im Fernsehen kannte.
Die Situation hatte sich somit entspannt, trotzdem versuchte R. so schnell wie möglich der peinlichen Lage zu entkommen. „I must quickly go“ sagte er und hatte schon wieder die Hand am Türgriff. Der Präsident aber fasste ihn an den Arm: „You better wait, otherwise my guards will shoot you“. Wie berechtigt die Warnung war, zeigte sich, als der Präsident nach vollzogener Erleichterung als erster das Bad verließ. Im Flur warteten zwei hünenhafte FBI-Agenten mit gezogenen Pistolen. Sie hatten Stimmen und merkwürdige Geräusche in der nur für den Hausherrn reservierten Toilette gehört und Lebensgefahr für ihren Schutzbefohlenen vermutet.
„All right guys, it's a friend“, beruhigte der Präsident die beiden Männer, rief R. ein „come on“ zu und eilte mit langen Schritten Richtung Oval Office. Die weiß gekleideten Wachen grüßten militärisch und rissen die Tür auf. R. wollte einen Schritt zurück bleiben, doch der Präsident legte wiederum lachend die Hand auf seine Schulter, und während sich die bereits ungeduldig wartenden Gäste einschließlich der Kanzlerin erhoben, sagte der Präsident: „Good afternoon everybody. This is my new friend from the toilet.“ Der einzige zugelassene Fotograf machte in fünf Sekunden fünfzehn Aufnahmen. Davon zehn vom Präsidenten und seinem Freund von der Toilette und fünf, wie der Präsident die Kanzlerin begrüßte.
Für die übrigen Mitglieder der Delegation blieb nur Zeit für ein Gruppenfoto. Anschließend mussten alle, bis auf

die Kanzlerin und die Minister, das Oval Office verlassen. Im Laufe des Tages schilderte R. sein Abenteuer mindestens ein Dutzend Mal. Fast alle großen Zeitungen des Landes veröffentlichten noch in ihren Spätausgaben ein Foto vom Präsidenten und seinem namenlosen „friend from the toilet“. Am nächsten Tag zogen die deutschen Zeitungen und das Fernsehen mit Namen nach. Die Berichterstattung über die kuriose Begegnung übertraf Zahl und Umfang der Artikel über das Gespräch zwischen Kanzlerin und Präsident. Das Gruppenfoto veröffentlichte nur eine Wirtschaftszeitung, die außerdem in einem Dreispalter auf die später abgeschlossenen Verträge einging. Alle Anfragen von Rundfunksendern, sein Treffen mit dem Präsidenten möglichst ausführlich zu schildern, lehnte R. ab, beim sechsten Anruf ganz gegen seine Gewohnheit ausgesprochen gereizt.

In der Delegation hatte sich R. durch seine abenteuerliche Begegnung und das publizistische Aufsehen keine neuen Freunde gemacht. Ganz im Gegenteil. Mit Ausnahme des Nobelpreisträgers und des Olympiasiegers behandelten ihn alle wie einen Aussätzigen. Einen Bankvorstand hörte er sagen: „Typisch Politiker. Unsere Bonuszahlungen kritisieren und dann derart peinliche Situationen herbeiführen.“ Am bayerischen Tonfall glaubte R. zu erkennen, dass es der Mann war, der ihm am Telefon das Tauschgeschäft angeboten hatte. Ein anderer äußerte gar die Vermutung, ein bereits sicher geglaubter Vertragsabschluss sei nur deshalb gescheitert, weil er nicht auf ein Treffen mit dem Präsidenten hinweisen konnte, und ein, wie er formulierte, „abgehalfterter Polit-Rentner“ seinen Platz erschlichen habe.

Über diese Behauptung ärgerte sich R. mächtig und beschloss, sie nicht zu vergessen.
Bei der Kanzlerin dagegen hatte er offensichtlich Ansehen gewonnen. Gleich zweimal sprach sie ihn mit „Du“ an, so wie sie es vor dem Verlust der Macht immer getan hatte. „Diese Geschichte kannst du noch deinen Enkeln erzählen“, sagte sie leise kichernd. „Mir hätte das Treffen ja leider nicht passieren können“, woraufhin R. ein wenig zu dröhnend lachte.
Nach zwei Tagen und kurzen Nächten stellte selbst der Olympiasieger fest, dass er erschöpft sei wie nach seinem Endlauf.
Die Kanzlerin war inzwischen zu einem Besuch in drei südamerikanische Länder aufgebrochen und R. hätte viel darum gegeben, wenn er sich per Knopfdruck auf seinen Hochsitz beamen könnte. Aber es mussten noch zehn Treffen bei Handelskammern, in Ministerien, Konzernzentralen und beim obersten Rabbi von New York absolviert werden.
Bei der Abreise in Deutschland hatte sich R. gewundert, warum mehrere Mitglieder der Delegation für nur vier Tage Aufenthalt drei mächtige Rollkoffer verladen ließen. Jetzt stellte sich heraus, dass sie für die kleinen Aufmerksamkeiten gedacht waren, die ihre Besitzer für die Lieben daheim zu erwerben gedachten.
Immer wieder fuhren Firmenfahrzeuge am Hotel vor, und ihre Fahrer lieferten Pakete ab. Aus Gesprächen, die R. unfreiwillig mithörte, gewann er den Eindruck, mit einer Delegation von Schnäppchenjägern und Teppichhändlern unterwegs zu sein. War gerade noch ein flüsterndes Ge-

raune über Gratifikationen in Millionenhöhe zu vernehmen, wurden nun Adressen ausgetauscht, bei denen sehr günstig seidene Schlafanzüge und das iPhone um 25 Prozent billiger als in Düsseldorf angeboten wurden.
„Und der Zoll?“ fragte naiv ein Gruppeneuling und erhielt die beruhigende Auskunft, Reisende in der Regierungsmaschine würden nur theoretisch überprüft. Auf die Nachfrage, was unter „theoretisch“ zu verstehen sei, kam die Antwort „Gar nicht“.
Für R. hatten diese Auskünfte keine Bedeutung. Er packte bei der Abreise nur zwei Aschenbecher und einen Kugelschreiber mit der Aufschrift „Watergate“ ein. Zu gerne hätte er als Erinnerung an sein Abenteuer im Weißen Haus ein Handtuch mit dem Wappen des Präsidenten als Souvenir erworben. Trotz aller Bemühungen konnte er es jedoch in keinem Geschäft finden.

Kapitel 18

ALBTRÄUME

Es dauerte eine Woche, ehe sich R. von der Reise erholt hatte. Obwohl er ständig müde war, schlief er unruhig, träumte heftig: Vom Präsidenten Nixon erhielt er den Auftrag, mit einem Nachschlüssel in das Hotel „Watergate“

einzudringen, um die Wahlkampfpläne des politischen Gegners zu stehlen. Doch als er die Tür zu einem Büro aufschloss, stand er vor seinem eigenen Schreibtisch, an dem sein Nachfolger saß und sagte: „Tut mir Leid, ich habe heute keine Sprechstunde, kommen Sie morgen um die gleiche Zeit wieder."

Frau Susanne berichtete am Frühstückstisch, er habe im Traum gerufen „Herr Präsident, ich habe Ihnen zum Abschied einen Aschenbecher mitgebracht."

Die turnusmäßige Sitzung des Schattenkabinetts hätte R. am liebsten abgesagt. Nur widerwillig hatte er auch Frau Wichmann angerufen, die auf seine schlechte Stimmung schnippisch reagierte. Nein, es gebe gar nichts Besonderes zu berichten. Sie habe in der Küche keine Zeit zum Lauschen gehabt. Es sei vorwiegend über Zahlen gestritten worden. Immer um Millionen, die sie sich ohnehin nicht merken könne. Und als R. daraufhin unwirsch fragte, ob sie vielleicht gar keine Lust mehr habe, mit ihm zusammenzuarbeiten, sagte sie nur „Ist ja schon gut".

Unter dem Tagesordnungspunkt Allgemeines berichtete er daher im Schattenkabinett über die Wirtschaftsflaute in Amerika und über das nach wie vor mangelhafte Gesundheitswesen. An den Mienen seiner Kollegen erkannte er, wie wenig sie das alles interessierte. Es stellte auch keiner eine Frage, obwohl alle zu gern endlich einmal direkt aus der Quelle wirklich jedes Detail vom Treffen in der Toilette erfahren hätten. Aber keiner traute sich, in diesem schließlich als offiziell geltenden Rahmen das Thema anzuschneiden. Und die Zurückhaltung war klug, denn R. hatte natürlich

mit der Frage gerechnet und sich die Antwort vorgenommen „Freunde, nun wollen wir hier doch auf Niveau bleiben und nicht unter die Gürtellinie geraten".
Später, nach dem obligatorischen Spaziergang um den See, lieferte er beim Umtrunk im Haus des Pächters dann doch ungefragt eine erweiterte Version des Abenteuers, die Otto Carstens zu der mit großer Heiterkeit quittierten Frage veranlasste, ob das intime Treffen vielleicht sogar zu einer Brieffreundschaft führen könnte.

Kapitel 19

DER GOLFER

Ein Golf-Typ war R. nun wahrlich nicht. Wenn Parteifreunde vor Fraktions- oder Kabinettssitzungen ihre jüngsten Erfolge auf dem „Green" austauschten und von ihren „Handicaps" erzählten, machte er sich über sie lustig. Wer ein Handicap habe, sollte zum Arzt gehen und nicht noch Sport treiben. Fragte er dann noch provozierender, ob Golf überhaupt als Sport bezeichnet werden könne, straften ihn empörte Blicke.
In einer schwachen Stunde ließ er sich trotz der generellen Abneigung zu einem Spaziergang über den Platz überreden. Er möge sich einfach mal umsehen. Der gepflegte

Rasen gefiel ihm, beim Platzwart informierte er sich, wie es ihm gelinge, die verdammten Maulwürfe fern zu halten. Dieses geringe Interesse genügte den Verführern, um auf ein neues Mitglied im Club zu hoffen. Schon hatte R. einen Schläger in der Hand, wurde pädagogisch geschickt mit Lob überschüttet, als er beim ersten Abschlag den Ball traf und ihn zehn Meter weit davonrollen ließ. Ein Naturwunder sei er, behauptete einer der Schmeichler. Dieser Schwung, diese Schlagkraft. Eine Stunde später hatte R. den Aufnahmeantrag unterschrieben. Nach der ersten Übungseinheit wollte er sofort wieder austreten; denn plötzlich war der Ball verhext, wollte sich nicht mehr treffen lassen oder hüpfte nur einige Meter in eine selbst gewählte Richtung. Zu allem Überfluss tauchten auch noch zwei Mitglieder der Opposition auf, denen er nicht zugetraut hatte, in Golf-Kreisen zu verkehren.
Als er sie in seinem Rücken spürte und den durchaus kameradschaftlich gedachten Rat hörte „Immer schön locker in der Hüfte schwingen", schlug er im Zorn so kräftig zu, dass der Ball auf dem Dach des Klubhauses landete. „Mir reicht es für heute", sagte er dem Trainer und machte sich verstimmt auf den Heimweg. Nachdem der politische Feind abgezogen war, kehrte er jedoch zurück und nahm eine zusätzliche Übungsstunde.
Ein Naturtalent war R. eindeutig nicht, bald reichte es jedoch zur Platzreife. Endgültig akzeptiert fühlte er sich, als bei einem erneuten Zusammentreffen einer von der Opposition sagte „Na, geht doch".
Ein ungeschriebenes Gesetz legte fest, dass auf dem Golfplatz nicht über Politik gestritten und möglichst auch nicht

gesprochen wurde. Somit blieb es zwischen politischen Gegnern bei Andeutungen, die einer Geheimsprache glichen. Und es war erstaunlich, wie mit wenigen Bemerkungen Vereinbarungen erreicht wurden, die im Parlament trotz stundenlanger Debatten nicht zustande kamen. Schien ein Problem völlig unlösbar, wartete man beim gemeinsamen Spiel auf eine herausragende Einzelleistung. In diesem Augenblick kam die entscheidende Frage „Ja oder Nein?" Die Antwort lautete in den meisten Fällen „Na gut". R. lernte schnell: Jeder Golfplatz, der sich nicht mit den Geldscheinen abdecken lässt, die bei den dort getätigten Geschäften den Besitzer wechselten oder den Steuerzahlern aus der Tasche gezogen wurde, lag in der falschen Gegend und sollte unverzüglich mit Mais bepflanzt werden. Ganz im Gegensatz zu Frau Susanne würden die Schafe gewiss gern auf den Golfplatz ziehen, dachte er. Leider seien 20 Kilometer wohl etwas zu weit, anderenfalls würde er sie nachts heimlich hintreiben. Diese Aufregung am nächsten Tag, dazu die Zeitungsmeldung: Wilde Schafherde verwüstet Golfplatz. Wer solche Gedanken hat, dem fehlt ganz offensichtlich die gebührende Achtung vor dem edlen Golf-Spiel.

Kapitel 20

GEIST IM HAMLET

Ein Schriftsteller hatte R. gestanden, was für ein schreckliches Gefühl es sei, bei Beginn des Arbeitstages vor einem leeren Blatt Papier zu sitzen. Wenn R. auf seinen Terminkalender blickte, konnte er das Gefühl des Literaten nachempfinden. Während seiner Amtszeit wurde er jeden Tag bei 100 Veranstaltungen erwartet. Nach dem Verlust der Macht musste er mehrere Seiten im Kalender umblättern, um eine Verpflichtung zu finden. Nur selten lehnte er daher Einladungen ab. Er sprach vor Gymnasiasten über die Bedeutung der europäischen Einigung und beklagte anschließend die mangelnde Begeisterung seines Publikums. Er las im Seniorenheim plattdeutsche Geschichten und wurde dankbar mit selbst gebasteltem Weihnachtsschmuck beschenkt. Er saß bei der Mitgliederversammlung der Raiffeisenbank als Ehrengast in der ersten Reihe und musste zwei Stunden lange Reden hören, die ihn schon nach einer halben Stunde langweilten.

Was für eine aufregende Abwechslung bot daher der Anruf seiner jüngsten Tochter Katia, die am Gelsenkirchener Stadttheater als Regieassistentin beschäftigt war. „Wir brauchen dringend einen Geist", teilte sie ihm mit gut gespielter Atemlosigkeit mit. „Du wärest unsere Rettung." Die Behauptung war richtig und falsch zugleich. Zutreffend war, dass ein ansonsten zuverlässiges Ensemblemitglied im Alter von 89 Jahren plötzlich verstorben war.

Eigentlich wäre das eine gute Voraussetzung für die Verkörperung eines Geistes gewesen. In Shakespeares „Hamlet“ wird allerdings ein lebender Geist benötigt. Ersatz hätte sich mühelos unter den Komparsen finden lassen, Katia aber kannte den leeren Terminkalender ihres Vaters und amüsierte sich allein bei dem Gedanken, ihn in knarrender Rüstung als Hamlets ermordeten Vater über die abgedunkelte Bühne schlurfen zu sehen.

„Was für ein Geist?“, fragte R. seine Tochter mit so grollender Stimme, als wäre er zur Probe schon einmal in die Rolle des vom eigenen Bruder gemeuchelten Königs geschlüpft. Hamlet sei das Stichwort, antwortete Katia und erläuterte, was sie vom Vater erwarte.

Er auf der Bühne? Nein, völlig undenkbar, und Gedichte habe er sich schon in der Schule nur mühsam merken können. Insgeheim aber hatte er bereits zugesagt, zierte sich jedoch zunächst noch ein wenig, war etwas enttäuscht, als er erfuhr, dass der Geist nur eine recht kleine Rolle verkörpere, die der Regisseur für seine sehr moderne Inszenierung im Vergleich zum Original noch einmal verkürzt habe. Mit der Begründung, Gift ins Ohr träufeln, das sei heutzutage keine überzeugende Mordtat. Daher werde Shakespeares altmodisches Bilsenkraut durch einen Dolchstoß direkt ins Herz ersetzt.

„Na gut, wenn du meinst, ich schaff das.“ Damit war das Engagement vereinbart. Für 170 Euro pro Auftritt. Und in welchem Hotel er wohne? „Im Gasthof zur braven Tochter“, antwortete Katia. Anreise auf eigene Kosten, Premiere in sechs Wochen. „Es reicht, wenn du an drei Proben teil-

nimmst.“ Shakespeare wäre empört über die Degradierung des Geistes gewesen, doch sein Einspruchsrecht war nun einmal seit langem verjährt.
Drei Stunden nach dem Telefongespräch stand R. im Geschäft seines Buchhändlers. Er brauche sehr dringend „den Hamlet“. Am Tag zuvor hätte er noch gesagt „Das Buch Hamlet von William Shakespeare“, aber jetzt war er Mitglied eines Theaterensembles und dort sagt man, wie er von seiner Tochter gelernt hatte, einfach „Der Faust“, „der Woyzeck“ oder eben „der Hamlet“. So wie man in der Familie von „der Erna“ oder „dem Otto“ spricht.
„Sind Sie etwa unter die Schauspieler gegangen?“, fragte prompt der Buchhändler, wollte damit einen Scherz machen und ahnte nicht, wie genau er den Nagel auf den Kopf getroffen hatte.
„Kann man so sagen“, antwortete R., hätte gern von seinem Engagement berichtet. Es war jedoch zu viel Kundschaft im Laden, die mitgehört und schnell die Nachricht verbreitet hätte, der frühere Ministerpräsident sei ins Lager des fahrenden Volkes gewechselt.
Da der Buchhändler stets neugierig wurde, wenn ein vertrauter Kunde plötzlich ein Buch verlangte, das gar nicht seinen bisherigen Lesegewohnheiten entsprach, fragte er nach: „Ist bestimmt für die Tochter gedacht?“ und erhielt wieder nur die enttäuschende Antwort: „Sie arbeitet gerade am Hamlet“.
Erstaunlicherweise war sogar eine Hamlet-Ausgabe vorhanden. Sehr eingestaubt allerdings. Er müsse dem Prinzen erst einmal die Krone putzen, sagte der Buchhändler und ver-

schwand mit dem Fund in seiner Büroecke. Dort entfernte er nicht nur den Staub, sondern radierte auch den uralten Preis aus der Innenseite des Einbandes. Nicht zu glauben, 2,50 D-Mark für den zweisprachigen Rowohlt-Klassiker.
„Macht 10,50 Euro, und ich verrate auch nicht, wer der Mörder ist", sagte der Buchhändler nach seiner Rückkehr. Den Preis empfand R. als normal, die Anspielung auf den Inhalt aber nicht. Zwar wusste er nicht genau, wer in dem Drama wen vom Leben zum Tode befördert, kein Geheimnis aber war ja wohl, dass Prinz Hamlet Hauptschuldiger am blutigen Ende ist.
Am Abend begann R. mit der Lektüre des Buches, erreichte mit beträchtlicher Mühe den erschreckend langen, nach Auskunft seiner Tochter für die Aufführung jedoch glücklicherweise heftig gekürzten Monolog des königlichen Geistes. „Ade! Ade! Ade! Gedenke mein", las er noch, dann trat der Geist ab und R. fielen ermattet die Augen zu.
Wie vereinbart reiste er dreimal zu Proben nach Gelsenkirchen. Ihm gefiel die Welt, die er im Theater kennen lernte. Obwohl er nicht dazu gehörte, behandelte man ihn wie einen Kollegen, nannte ihn beim Vornamen, war nachsichtig, wenn er wiederholt zu früh aus den Kulissen trat und zu spät die Bühne verließ. Insgesamt 17 Zeilen musste er beherrschen, und er hatte seinen Text auf dem Hochsitz, unter der Dusche und beim Spaziergang um den See immer wieder aufgesagt. Ein wenig hölzern klang es, und auch sein Auftritt war nicht geschmeidig wie bei den gelernten Schauspielern. Doch seine Rolle verlangte steife Würde, und so wirkte das, was echt war, wie einstudiert.

Ein Mitglied des Ensembles hatte sich eine Indiskretion erlaubt und einem Journalisten der Lokalzeitung erzählt, dass sich im Hamlet unter dem Deckmantel der Verschwiegenheit ein prominenter Politiker einen Kindheitstraum erfüllt und eine kleine Rolle übernommen habe. Welchen Part er spiele, müsse jedoch streng geheim bleiben. Vergeblich versuchte der Reporter den Kreis der Verdächtigten enger zu ziehen. „Ist es der Polonius?, Rosenkranz?, Horatio?" Auf den Geist kam der Reporter jedoch nicht. Auch über die Identität des prominenten Gastes wurde in der Stadt gerätselt. Vielleicht Oscar Lafontaine oder gar Gerhard Schröder?
Vom Programmheft erwarteten die Neugierigen Auskunft, doch vergeblich. Peter von Berg war das einzige neue Mitglied im Ensemble. Wohl ein bisher nicht in Erscheinung getretener Komparse, vermutete auch der fürs Feuilleton zuständige Redakteur. Der angebliche Prominente habe im letzten Augenblick abgesagt, ließ der Intendant verlauten. Der Mann sei einfach nicht in der Lage gewesen, seinen Text zu behalten.
R. beherrschte seinen Text auch bei der Premiere perfekt. Er betrat zum richtigen Zeitpunkt die Bühne, stellte sich seinem Sohn Hamlet ordnungsgemäß vor und erteilte ihm den Auftrag, den an ihm verübten „schnöden, unerhörten Mord" zu rächen. Damit war sein Auftritt beendet. Aus dem Publikum mischten sich in den Schlussapplaus zwar einige an den Regisseur gerichtete Buh-Rufe, die Rezension in der örtlichen Zeitung fiel jedoch wie gewohnt ausgesprochen wohlwollend aus. Dem Regisseur sei es gelungen, so

hieß es, die Balance zwischen Tradition und Moderne aufrecht zu erhalten. Sieben Mitglieder des Ensembles wurden namentlich genannt und gelobt. Die Rolle des Geistes sei leider etwas zu sehr gerafft worden, was sicherlich nicht im Sinne Shakespeares gewesen wäre.

Mit diesem Urteil stimmte R. völlig überein.

Die Premierenfeier dauerte bis in den frühen Morgen. R. tanzte Walzer mit Ophelia, spendierte fünf Flaschen Sekt, bezahlte zusätzlich das Kalte Büfett und versicherte ein ums andere Mal, dass er schon lange nicht mehr, nein, noch nie in derart angenehmer Gesellschaft verkehrt habe. Zehnmal noch reiste er zu weiteren Aufführungen nach Gelsenkirchen, und als alles vorbei war, fühlte er sich leer, als habe er schon wieder die Macht verloren. Seiner Tochter sagte er nach der letzten Vorstellung: „Also, wenn wieder jemand ausfällt, ich bin dabei. Anruf genügt." Er nahm sich vor, möglichst viele Rollen des Stückes auswendig zu lernen, um bei Bedarf jederzeit einspringen zu können.

Es blieb allerdings bei der guten Absicht, und weitere Anfragen kamen auch nicht.

Kapitel 21

EIN VERWEGENER PLAN

Das Ferienhaus in Ligurien besaß R. schon, als der politische Gegner noch nicht die Toskana-Fraktion gegründet hatte. Mit seiner ersten Frau hatte er in Imperia Bekannte besucht und bei der Abreise war er Besitzer eines Steinhaufens, der nur mit viel Fantasie als ehemaliges Rustico zu identifizieren war. Die Anschaffungskosten waren erstaunlich gering, das dicke finanzielle Ende kam während des Wiederaufbaus der Ruine. Wider Erwarten war das Haus eines Tages bezugsfertig und fortan gab es über Urlaubsziele keine Diskussion. Meldete sich R. zwei- oder gar dreimal im Jahr für jeweils zehn Tage in seiner Staatskanzlei ab, hieß es bei Nachfragen: „Er ist in der Toskana". Im Lauf der Zeit lernte er sogar ein wenig die Sprache. Es reichte zum Einkaufen und für dürftige Gespräche mit den Nachbarn, hinter deren immerwährender Freundlichkeit er bald das Übertriebene erkannte.

Dem Leiter der Kunsthalle hatte er bereits das Bundesverdienstkreuz überreicht. Als Gegenleistung durfte er sich für sein Dienstzimmer zwei Bilder aus dem Fundus aussuchen. Zusammen mit seiner künstlerisch tätigen jüngeren Tochter nahm er außerdem das Angebot an, sich vom Direktor persönlich durch alle Ausstellungsräume führen zu lassen, was ihn sehr ermüdete.

Man kannte sich also. Trotzdem überraschten ihn der Anruf und vor allem das Anliegen.

Wie fast alle in der Welt der schönen Künste Tätigen war auch Dr. Eberhard Kunze kein Mann der klaren Worte. Schon gar nicht am Telefon. Er berichtete von Neuerwerbungen, erinnerte an angeblich äußerst dringende Baumaßnahmen, wollte noch kurz auf die gerade vorbereitete Ausstellung mit den Impressionisten eingehen, da machte R. den etwas groben Einwurf: „Herr Professor, der Rechnungshof wird Ihre Telefongebühren monieren." Dr. Kunze verstand den Hinweis und kam zur Sache. Sie bestand in der Bitte, ob man sich in den nächsten Tagen kurz treffen könne. Da er grundsätzlich alles in die Länge zog, sagte er mit Vorliebe „kurz". Die Angelegenheit sei heikel, könne am Telefon wirklich nicht besprochen werden.

R. dachte an seinen leeren Terminkalender und antwortete: „Augenblick, ich muss sehen, ob und wann ich einen Termin frei habe." Am übernächsten Donnerstag ließe sich noch etwas einrichten. „Am besten, Sie kommen zu mir. Sagen wir 15.15 Uhr."

Das kurze Gespräch zog sich über zwei Stunden, dann hatte R. begriffen, was Dr. Kunze von ihm erwartete. Es war ein verwegenes, merkwürdiges, auch riskantes Anliegen.

Am Luganer See hatte sich der ehemalige Besitzer einer Maschinenfabrik niedergelassen. Das Unternehmen hatte die Welt beliefert, der Gewinn war gewaltig und Josef M. hatte einen Teil seines Vermögens in Kunstwerke investiert. Gekauft hatte er Bilder, als sie noch günstig zu erwerben waren, jetzt betrug ihr Wert viele Millionen.

Den Direktor der Kunsthalle kannte er seit Jahren, vor einigen Monaten hatten sie sich zufällig bei einer Kunstmesse in

Basel wieder getroffen. „Das wäre mein Traum", hatte Dr. Kunze beim Anblick eines Bildes von Gerhard Richter geseufzt und hinzugefügt: „Unserem Haus fehlt einfach ein Glanzstück." Als sie nach dem Rundgang in der Caféteria saßen, sagte Josef M. unvermittelt: „Während meiner Zeit im Norden habe ich oft die örtliche Kunsthalle besucht. Ich stelle Ihnen einen Richter zur Verfügung. Unter einer Bedingung, denn ich verschenke aus Prinzip nie etwas."

25 000 Euro verlangte Josef M. für das Bild, das bei einer Auktion Hunderttausende kosten würde. Und eine weitere Bedingung kam hinzu: Eine prominente Person, die er kannte und der er vertraute, sollte das Geld bringen und den Kunstschatz abholen. „Ein wenig aufregend muss unser Deal doch sein", sagte er und rührte mit maliziösem Lächeln in seiner Tasse.

Zunächst vermutete Dr. Kunze, es handele sich um einen Scherz, doch vorsichtiges Nachfragen bestätigte die Ernsthaftigkeit des Angebotes. Wenn nur nicht diese kuriose Bedingung wäre.

Tage und Nächte hatte Dr. Kunze benötigt, um eine Lösung zu finden. Die Beschaffung des Geldes war nicht das Problem, ein Sponsor war schnell gefunden. Aber wer sollte den Tausch abwickeln?

Befreundete Juristen wurden zu Rate gezogen. Einige meldeten starke Bedenken an, andere stuften das zweifellos vorhandene Risiko gering ein. Mehrere Namen hatte der Direktor bereits in die engere Wahl gezogen, sogar zwei Persönlichkeiten angesprochen. Doch beide hatten mit der Begründung abgesagt, das Vorhaben sei ihnen zu gefährlich. Es waren eben keine Abenteurer.

Als er schon aufgeben wollte, fiel Dr. Kunze ein, dass R. Besitz in Italien hatte, für die Reise stets ein geräumiges Auto benutzte und jederzeit für eine gute Tat zu gewinnen war.
R. hörte sich die lange kurze Schilderung von Dr. Kunze mal kopfschüttelnd, mal laut lachend, dann mit Anzeichen von Ungeduld an. Nachdem der Direktor seinen Bericht mit den Worten „Was sagen Sie dazu?" beendete, sagte R. nur „Warum erzählen Sie mir das alles?" Woraufhin Dr. Kunze in dem kürzesten Satz, der ihm seit langem gelungen war, antwortete: „Weil Sie unser Mann sind!"
Das ahnte R. natürlich schon seit zwei Stunden, wusste allerdings nicht, was er dazu sagen sollte. Zunächst sagte er daher erst einmal „Wollen Sie mich an den Galgen bringen?"
Daraufhin blickte der Direktor erst sehr erschrocken und antwortete anschließend enttäuscht: „Herr Ministerpräsident, Sie wollen damit doch nicht …", und R. sagte „Genau das will ich", und das sagte er in einem Ton, den er eigentlich für den Umgang mit der Opposition reserviert hatte.
Dr. Kunze war kein politischer Gegner, sondern eine empfindsame Seele aus dem Kulturbetrieb, und deshalb wäre er als Reaktion auf die raue Antwort beinahe in Tränen ausgebrochen. R. erkannte die Gefahr und fügte daher versöhnlich hinzu „Man kann doch über alles reden". Damit hatte er mehr versehentlich schon ein halbes Jawort gegeben.
Die zweite Hälfte der Zusage lieferte R. drei Wochen später bei einem erneuten „kurzen" Treffen.
Vorausgegangen waren Gespräche mit einem befreundeten Anwalt und heftige Diskussionen mit Frau Susanne, die ihr normalerweise gar nicht über die Lippen gehende

Worte benutzte. Ohne Gewehr, nur zum Nachdenken, war R. für jeweils mehrere Stunden auf den Hochsitz gestiegen, hatte dort zweimal für Nein und schließlich dreimal mit Ja gestimmt. Zu dem Treffen mit Direktor Dr. Kunze fuhr er in sehr schlechter Stimmung, nannte den Künstler Richter einen Scharlatan und den angeblich edlen Mäzen einen Steuerhinterzieher und Erpresser.

Als Direktor Dr. Kunze ganz kurz davor war, nun wirklich in Tränen auszubrechen, sagte R. „Schluss jetzt mit dem Theater, kommen wir zur Sache."

Man einigte sich darauf, dass R. die Angelegenheit bei seiner nächsten Italienreise in vier Wochen regelt. Er würde die 25 000 Euro nicht etwa im Auto verstecken, sondern ganz normal in der Jackentasche aufbewahren. Sollte an der Grenze eine Kontrolle erfolgen, was aufgrund der Erfahrung von früheren Fahrten außerordentlich unwahrscheinlich war, würde er treuherzig angeben, den Betrag benötige er, um Baumaßnahmen an seinem italienischen Haus zu zahlen. Wo die Rechnungen seien? Die gebe es bei italienischen Handwerkern seit dem Bau des Kolosseums nur mündlich.

Das eigentliche Tauschgeschäft sollte dann auf der Rückfahrt erledigt werden. Bei der Ausfuhr des Bildes, so versicherte Dr. Kunze, sei mit keinerlei Problemen zu rechnen.

Mit schlechter Stimmung war R. zu dem Treffen gekommen, gut gelaunt verabschiedete er sich. Plötzlich fand er Gefallen an dem bevorstehenden Abenteuer. Endlich einmal wieder etwas Aufregendes statt Alltagstrott. Es galt jetzt nur noch, Frau Susanne davon zu überzeugen, dass die „Aktion Richter“ ein wichtiger Beitrag zur Förderung der heimischen Kunstszene sei.

Kapitel 22

BEIM MÄZEN

Die österreichischen Zöllner hätten sich nicht einmal für die britischen Kronjuwelen im Kofferraum interessiert, die Schweizer Kollegen auch nicht und die Italiener streikten gerade.

Diesmal waren sogar 14 Tage Urlaub möglich. Zwölf Tage war der Himmel wolkenlos, zwei Tage lang fiel sintflutartiger Regen. Ein halbes Dutzend Eimer nahmen im Haus die aus dem Dach fließenden Rinnsale auf. Die Abreise glich einer Bootsfahrt, erst bei der Ankunft in Lugano schien wieder die Sonne.

Josef M. empfing seine Gäste laut und mit ausgebreiteten Armen. Welche Freude, derart prominenter Besuch aus der Heimat, die er zurzeit leider nicht besuchen dürfe. Millionen habe er nach dem Verkauf seines Unternehmens an den Fiskus bezahlt und jetzt werde ihm vorgeworfen, es hätten noch dreißig Millionen mehr sein müssen. Das wäre sein Ruin, das tragische Ende seines Lebenswerkes.

Auf der Terrasse mit unverbautem Blick auf den See war gedeckt, gleich zwei Diener in roten Jacketts und schwarzen

Hosen servierten Köstlichkeiten. Der Hausherr erkundigte sich nach der politischen Lage in Deutschland, äußerte sich sehr unzufrieden mit der gegenwärtigen Regierung und ermunterte seinen Gast, sich wieder in die Politik zu begeben, um, wie er formulierte, den Schlendrian endlich zu beseitigen.

R. fühlte sich durch diese Bemerkung geschmeichelt, wartete gleichzeitig mit wachsender Ungeduld darauf, endlich den eigentlichen Anlass seines Besuchs zur Sprache bringen zu können. Doch zunächst musste er in einem zur Galerie ausgebauten Nebengebäude die Kunstschätze bewundern. Impressionisten, Expressionisten, alte Meister und noch unbekannte, aber gewiss bald Millionen teure junge Maler. Der Hausherr geriet bei seinen Erklärungen in einen wahren Rausch, nannte Preise von früher und heute, berichtete über Schnäppchen-Käufe und verpasste Gelegenheiten, streichelte Bilder so zärtlich als wären sie eine Geliebte.

R. und Frau Susanne würdigten und rühmten, fragten nach und blickten möglichst unauffällig auf die Uhr. Selbstverständlich könne man auch übernachten, es gebe einen Gästetrakt, und morgen bestünde dann Gelegenheit, in aller Ruhe die Schätze im Magazin anzusehen.

Doch R. drängte zum Aufbruch. Sehr wichtige Termine erwarteten ihn, auch die Gattin habe Verpflichtungen. Ein wenig gekränkt beendete daraufhin der Gastgeber den Rundgang mit den Worten „Also dann zum Geschäftlichen“. Man begab sich wieder auf die Terrasse, ein Diener brachte Champagner, ein zweiter die Gläser. Der Hausherr schenkte ein, dankte beim Anstoßen für den Besuch und sagte, er müsse mit einem Bekenntnis beginnen. R. dachte, Josef M. habe sich entschlossen, den Preis zu erhöhen oder wolle vielleicht völlig auf das Tauschgeschäft verzichten. Doch stattdessen sagte er nur mit klagendem Unterton: Der etwas voreilig ausgesprochene Verzicht auf ein ganz besonderes Stück seiner Sammlung sei ihm im Nachhinein sehr schwer gefallen. Aber selbstverständlich stehe er zu seinem Wort. Nicht zuletzt aus Gründen der Heimatliebe, und sowie er sich wieder frei bewegen dürfe, werde er seinen Schatz besuchen. Er gehe auch davon aus, dass sein großzügiges Geschenk dazu beitrage, die gegen ihn völlig zu Unrecht erhobenen Vorwürfe als solche erkannt und zurückgenommen werden.

Aus einem Wandschrank holte er daraufhin eine gerollte Leinwand und glättete sie auf dem Fußboden. Zum Vorschein kamen verschwommene graue Wellen und ein tiefer grauer Himmel.

R. fuhr erschrocken zurück und sagte „Wie originell". Frau Susanne fügte hinzu „Sehe ich auch so".

Da müsse man aber schon etwas tiefer schürfen, erwiderte der Hausherr offensichtlich pikiert und rollte Himmel und Wellen abrupt wieder zusammen.

Zwar versuchte Frau Susanne die plötzlich recht angespannte Stimmung zu verbessern, indem sie versicherte, das Bild werde im Reich des Dr. Kunze gewiss zu einem Besucher-Magnet, doch der Gastgeber sagte daraufhin nur „Na hoffentlich" und drängte nun auch seinerseits zur Eile. Obwohl noch gar nicht über Geld gesprochen worden war, zog R. die 25 000 Euro aus der Jackentasche und wollte die

Scheine vorzählen. Doch Josef M. sagte nur „Ist schon gut", nahm das Geldbündel entgegen, zählte 2500 Euro auf die Tischplatte und schob sie R. zu. „Zehn Prozent Provision", sagte er dabei. Damit nun war die Stimmung endgültig verdorben, denn R. schickte die Scheine auf demselben Weg energisch mit den Worten zurück „Ich bin kein Kunsthändler, sondern ein ehrlicher Makler". Gleichzeitig nahm er die Bildrolle, bedankte sich auch im Namen seiner Frau für die Gastfreundschaft, wünschte weiterhin einen angenehmen Aufenthalt in der vom Klima und der großzügigen Steuergesetzgebung begünstigten Schweiz und verließ, vom Hausherrn bis zum schmiedeeisernen Tor mit den vergoldeten Spitzen begleitet, das herrschaftliche Anwesen.

„Nichts wie weg hier", sagte R. bei der Abfahrt zu Frau Susanne, die sich die Bemerkung nicht verkneifen konnte: „Ich habe dich ja gewarnt". Anschließend blieb es lange still im Wagen.

Je näher die Grenzstation rückte, desto dichter wurde der Verkehr. Wohl eine Baustelle, vermutete R. Doch es lag an den Kontrollen. Noch nie zuvor war bei früheren Reisen die Durchfahrt behindert worden. Diesmal nun durften fünf voran fahrende Wagen passieren, und beim sechsten gab ein Zöllner das Halte-Zeichen, bat streng die Fahrspur zu verlassen und den Kofferraum zu öffnen.

Er habe nichts zu verzollen, versicherte R. unsicher und erinnerte an die Worte des erfahrenen Hauptwachtmeisters Schulz, der ihm bei der Kontrolle nach dem heimlichen Besuch im Büro erklärt hatte, wie wichtig Menschenkenntnis gerade für den Polizeiberuf sei.

Der Zöllner war höflich, blickte nur kurz auf den Inhalt des Kofferraums, zog sofort die gerollte Leinwand heraus und fragte, ob es ein Bild sei. Er war nun plötzlich nicht mehr ganz so freundlich und bat R., ihm in die Station zu folgen. Dort überreichte der Beamte die Rolle einem Kollegen mit den Worten „Prüf mal, ob das was ist".
Der Angesprochene erinnerte R. an seinen gutmütigen Hausarzt, und er hätte sich nicht gewundert, wenn der Mann gesagt hätte „Na, dann machen wir mal den Oberkörper frei". Stattdessen nannte er seinen Namen, den R. nicht richtig verstand, bat um Verständnis für die Störung der Reise und erklärte den Grund für die gewiss unerwartete Unterbrechung. In Italien sei wieder einmal ein Museum ausgeraubt worden und deshalb mache man in Amtshilfe stichprobenartige Kontrollen. Wie schon gewohnt, werde man natürlich nichts entdecken, aber der Schein müsse nun einmal gewahrt werden.
Woher das Bild denn stamme, fragte der Beamte, und R. antwortete, es sei ein gewiss wertloses Stück, das er vor Jahren auf Drängen seiner Frau bei einem Trödler erworben habe und da er den Hausstand im italienischen Rustico allmählich auflöse, nehme man es jetzt mit nach Deutschland.
„Reicht mir eigentlich als Erklärung", sagte der Beamte. Da er nun aber einmal für das Kunstwesen in der Grenzregion zuständig sei, möchte er aus reiner Neugierde einen Blick auf das gute Stück werfen. Vorsichtig löste er sodann das Packpapier, glättete die Rolle sehr behutsam auf dem Tisch, sah grauen Himmel und graue Wellen, suchte in allen vier Ecken vergeblich nach einer Signatur und sagte „Ist offensichtlich weder der gesuchte Van Gogh noch der Matisse.

Wahrscheinlich einer dieser Nachwuchskünstler, die glauben, durch ausgefallene Motive berühmt zu werden. Arme Kerle". Damit rollte er Wellen und Himmel nicht mehr ganz so vorsichtig wieder zusammen, steckte die Leinwand in die Packpapierhülle, begleitete seinen Gast bis zur Tür und wünschte weiterhin gute Reise.
Als R. neben seiner Frau im Auto saß, wischte sie ihm den Schweiß von der Stirn, reichte ihm einen Becher mit Wasser und fragte sehr besorgt, ob er es bis zum nächsten Parkplatz schaffe. Dort werde sie das Steuer übernehmen. R. antwortete nur „geht schon wieder besser. Den Professor Dr. Eckhard Kunze erwürge ich eigenhändig, und zwar ganz langsam".
„Und ich besuche dich jeden Tag im Gefängnis", fügte Frau Susanne hinzu.

Kapitel 23

MÄRCHENSTUNDE

Als R. zwei Tage nach dem Abenteuer an der Grenze Dr. Kunze das aufgerollte Bild überreichte, kamen dem Direktor nun endlich die schon mehrfach unterdrückten Tränen. „Danke, danke und nochmals danke", schluchzte er und versuchte, den Überbringer des Kunstschatzes zu umarmen. Aber R. trat schnell einen Schritt zurück, sodass

Dr. Kunze ins Leere griff und um Haaresbreite zusammen mit dem Bild zu Boden gestürzt wäre.
Ob alles gut gelaufen sei, fragte er noch immer ergriffen, und bitte, bitte, jede Einzelheit der Transaktion möchte er erfahren. Er plane nämlich eine Dokumentation, und bestimmt werde einer seiner Studenten die aufregende Geschichte zu einer Dissertation verarbeiten.
R. hatte sich vorgenommen, in seinem Bericht das Tauschgeschäft harmlos ablaufen zu lassen. Keinerlei besonderen Vorkommnisse, herzlicher Empfang beim Mäzen, keine Kontrolle, weder bei der Ein- noch bei der Ausreise.
Doch der geradezu leidenschaftliche Empfang bewies ihm, wie enttäuscht Dr. Kunze von der schlichten Version gewesen wäre. Also entschied er sich für die dramatische Fassung. Nach der Höhe des mitgeführten Geldbetrages hätten die Zöllner gefragt. Er habe die vorbereitete Geschichte von den Handwerkerrechnungen erzählt. Voller Misstrauen sei er behandelt worden, habe aber schließlich einen höherrangigen Beamten mit dem Hinweis auf seine frühere Position beeindrucken können. Auf der Rückreise sei er nur mit großem Glück einem schweren Unfall entgangen und bei der Übernachtung im Hotel habe ein unaufmerksamer Gepäckträger das Kunstwerk fallen gelassen, sodass es eine Treppe heruntergerollt und in einem Springbrunnen gelandet sei. Zum Glück sei der gerade ohne Wasser gewesen.
Mit Vergnügen beobachtet R. wie Dr. Kunze bei jedem neuen Detail der Beinahe-Katastrophen stöhnend litt.
Im Rahmen einer Vernissage stellte Direktor Dr. Kunze dem Freundeskreis der Kunsthalle die Neuerwerbung vor.

R. und Frau Susanne waren als Ehrengäste geladen, hatten allerdings erst nach einigem Zögern zugesagt. Auch nur unter der Bedingung, dass Erwerb und Transport des Bildes mit keinem Wort erwähnt würden.
Diesmal fiel Dr. Kunze das Schweigen ganz besonders schwer. Er hielt sich jedoch an die Vereinbarung, erwähnte lediglich, dass ein vorübergehend im Ausland lebender Mäzen das großzügige Geschenk übermittelt habe, und zwar unter tatkräftiger Mithilfe eines prominenten Mitbürgers. Um nicht identifiziert zu werden, stimmten R. und auch Frau Susanne in den anhaltenden Beifall ein. Damit war die „Aktion Richter" endgültig abgeschlossen. Es vergingen allerdings nur wenige Wochen, bis sich in Kunstkreisen herumgesprochen hatte, dass der ehemalige Ministerpräsident die Hauptrolle beim Erwerb des wertvollen Bildes gespielt hatte. Seinen Nachfolger ärgerte das.

Kapitel 24

IMAGEPFLEGE

Die Journalisten der Regionalzeitung und der örtlichen Rundfunkanstalten hatten R. stets ordentlich behandelt. Von wenigen Ausnahmen abgesehen. Er führte dies weniger auf die Anstrengungen seines Pressesprechers zurück, sondern auf die eigene Kontaktpflege. Dazu gehörte die Bescherung zum Weihnachtsfest. Sein Bruder besaß ein Forstgebiet mit einer Tannenbaumschonung, und dorthin lud er drei Tage vor Heiligabend zwei Dutzend Journalisten ein. Erklärte Gegner gehörten dazu nicht. Jeder durfte sich einen Weihnachtsbaum aussuchen und ihn eigenhändig fällen. Anschließend saß man auf Strohballen um ein Feuer, trank Glühwein und aß Erbsensuppe. Auch Ehefrauen und Lebensgefährtinnen waren zugelassen. Im benachbarten Hofladen konnten zum Abschluss Forellen aus eigener Teichwirtschaft erworben werden. Die mussten allerdings, wenngleich stark reduziert, bezahlt werden.

Nach dem Machtverlust lud R. noch einmal zum Weihnachtsbaumschlagen. Es kamen jedoch nur wenige Journalisten, daher beendete er das traditionelle Treffen.

Das Fernsehen sorgte allerdings dafür, dass er in der Öffentlichkeit nicht in Vergessenheit geriet. In beinahe regelmäßigen Abständen erreichten ihn Einladungen zur Teilnahme an einer „Talkrunde“. R. wusste, wem er dies zu verdanken hatte: Parteifreunden in den Aufsichtsgremien, die unauffällig, aber zugleich genau darauf achteten, dass dem Zuschauer ein, wie sie formulierten, „breites politisches Meinungsspektrum“ geboten wurde. Das hieß, die eigene und damit richtige Weltanschauung sollte dargestellt werden.

Da R. kein Experte für den Nahen oder Fernen Osten war und auch zur Klärung von Wirtschafts- und Finanzfragen wenig beitragen konnte, lud man ihn zu Themen wie „Ist die Demokratie schon wieder in Gefahr?“ oder „Gibt es zu viele Beamte in unseren Parlamenten?“.

Wenn er bei den Diskussionen den Eindruck erweckte, mit dem jeweiligen Thema bestens vertraut zu sein, dann lag dies an der ungewöhnlichen Vorbereitung.
Da die Sitzungen des Schattenkabinetts in zunehmendem Maß Ermüdungserscheinungen zeigten, empfanden es alle Mitglieder als erfrischend, wenn R. aus dem Reservoir seines politischen Anhangs einen Referenten verpflichtete. Der Gast erläuterte zunächst die in der anstehenden Fernsehsendung mit Sicherheit zur Sprache kommenden Argumente, und anschließend diskutierte man gemeinsam in einer Art Generalprobe mit verteilten Rollen.
Zugute kamen R. bei seinen Auftritten vor der Kamera auch seine auf der Theaterbühne gesammelten Erfahrungen. Dort hatte er gelernt, dass ein Publikum keineswegs nur mit Worten erreicht werden kann, wie es in der Politik üblich ist, sondern ebenso wichtig sind Blicke und Gesten und Stimmlagen. Den Beifall im Fernsehstudio empfand er stets als zu spärlich. Sendungen ohne Zuschauer mied er daher nach Möglichkeit ganz.
R. weigerte sich zunächst auch beharrlich, „in die Maske" zu gehen, um sich schminken zu lassen. Mit seiner unbedachten Bemerkung „Ich bin doch kein Transvestit" sorgte er einmal sogar für beträchtliche Verstimmung unter den technischen Mitarbeitern im Studio. Jemand sprach von Diskriminierung und drohte mit dem Betriebsrat. Eine eilig herbeigeschaffte große Flasche Sekt stellte den Frieden jedoch schnell wieder her. Später erlaubte er dann zwecks weiterer Versöhnung einige Tupfer mit der Puderquaste.

Kapitel 25

VERLIEBT IN CLARA

Da der Teichpächter Otto Carstens ein gutmütiger Mensch war, hatte er dem kleinen Zirkus seine alte Scheune mit der angrenzenden Wiese als Winterquartier zur Verfügung gestellt. Auf Miete verzichtete er großzügig. Das war vor anderthalb Jahren. Mittlerweile hatte sich der Zirkus aufgelöst. Zurückgeblieben waren nur noch ein Wohnwagen mit abblätternder Farbe, in dem ein pensionierter Messerwerfer mit seiner von ihm zweimal, wenngleich nur leicht, getroffenen Assistentin lebte.

Von den Tieren waren ein Pferd, eine Boa Constrictor, ein Lama und Clara übrig geblieben. Und in das Kamel hatte sich R. verliebt. Diese verführerisch langen Wimpern, diese melancholischen Augen, dieses Fell, gelblich-fahl wie der Mond, dieser wiegende Gang. Zugegeben, die Zähne …, aber wer ist schon perfekt.

Nach einem Jagdeinsatz oder einer Wanderung um den See verabschiedete er sich von Otto Carstens stets mit den Worten „Grüß deine Frau und vor allem Clara“. Wurde er zum Kaffee eingeladen, drückte er der Hausfrau eine Tüte mit Kräutern aus dem Garten in die Hand. Der Inhalt war ein Gastgeschenk. Aber eines für Clara.

Mindestens einmal pro Woche besuchte er sie. Spazierte sie gerade auf der Wiese und sah ihren Verehrer kommen, galoppierte sie so eilig herbei, dass man fürchten musste, jeden Augenblick könnten ihre dünnen, staksigen Beine abbrechen. Ob Clara nun heranstürmte, weil sie R. als Menschen schätzte oder doch wegen der mitgebrachten Delikatessen wie Mohrrüben oder Selleriestangen, ließ sich allerdings nicht ermitteln.

„Ihr solltet heiraten", meinte Otto Carstens, der geordnete Familienverhältnisse schätzte.

„Ja, und du wirst erst Trauzeuge und dann Pate", erwiderte R.

„Und die Hochzeitsreise macht ihr mit Land Rover und Anhänger", empfahl Otto Carstens, woraufhin sich beide ausschütten wollten vor Lachen.

Tatsächlich hatte R. Frau Susanne schon als „Clara" angesprochen. „Sag doch gleich Kamel", hatte sie daraufhin pikiert geantwortet.

Und dann rief eines Sonntagmorgens Otto Carstens sehr aufgeregt an: „Schlechte Nachricht für dich. Clara wird verkauft. Noch heute Nachmittag reist sie ab."

Eine halbe Stunde später schlug R. an die Tür des Wohnwagens. Eine weitere halbe Stunde danach hatte er 1000 Euro mehr geboten als der aus einem Hamburger Vorort angereiste und reichlich empört wieder abgereiste Konkurrent.

Erleichtert und in allerbester Stimmung machten R. und sein Nachbar einen langen Spaziergang um den See, tranken anschließend erst einen Verdauungsschnaps, dann noch drei weitere. „Du kannst hier auch übernachten", sagte Otto Carstens, der ahnte, warum sein Gast die Rückkehr nach Hause offensichtlich verzögerte. „Du musst doch die

nun endlich vollzogene Eheschließung daheim nicht verraten", sagte er und versicherte „Ich kann schweigen".
R. erwiderte sehr erleichtert „Das ist die Lösung" und hatte es plötzlich sehr eilig.
Wie jede heimliche Geliebte verursachte auch Clara einige Probleme. Glücklicherweise blieb ihr Wohnort gesichert. Die bisherigen Besitzer erklärten sich bereit, für Unterkunft und Verpflegung zu sorgen. Da in ihren Augen ein Prominenter wie R. ein wohlhabender Mann war, verlangten sie einen monatlichen Betrag, der für die Betreuung eines ausgewachsenen Elefantenbullen gereicht hätte.
Claras Leben änderte sich zunächst nicht. Bei schlechtem Wetter suchte sie Schutz in der Scheune, schien die Sonne, graste sie auf der Wiese oder lag zufrieden kauend auf der kleinen Sandfläche, die sie an die Wüste ihrer afrikanischen Heimat erinnern sollte. Auch das Verhältnis zu ihrem neuen Herrn war geblieben wie es vor dem Besitzerwechsel war. R. bildete sich allerdings ein, dass Clara jetzt noch schneller als früher herbeieilte, wenn er zu Besuch kam.
Und dann plötzlich diese Verstimmung, für die R. verantwortlich war. Er hatte seinen alten Chauffeur Bösch gebeten, ihm einen Kamelsattel zu besorgen. Diskret bitte, hatte er hinzugefügt und damit zugleich deutlich gemacht, dass er keine Nachfragen wünschte. Bösch benötigte drei Wochen, ehe er in Hamburg fündig wurde.
R., der von einem Bauernhof stammte, war von Kindesbeinen an gewohnt, mit Pferden umzugehen, hatte sie viele Male gesattelt, war wiederholt beim Ringreiten erfolgreich gewesen. Aber Clara war kein Pferd, sie kannte auch keinen

Sattel. Als R. versuchte, ihr mit gütigem Zureden das Holzgestell zwischen die Höcker zu legen, stieß sie einen Laut aus, der an die Sirene eines Nildampfers erinnerte und stürmte trotz des sonnigen Wetters in die hinterste Ecke der Scheune. Alle Versuche, sie wieder ans Tageslicht zu locken, scheiterten vollkommen.

Otto Carstens, der pensionierte Messerwerfer und seine Assistentin bemühten sich tagelang, Clara wieder gnädig zu stimmen. Sie schleppten den Inhalt eines türkischen Gemüseladens herbei, streichelten, bürsteten, ließen sie an dem mit Rosenöl eingeriebenen Holzgestell schnuppern. Alles ließ sich Clara gefallen, nur nicht das Auflegen des Sattels.

„Hat keinen Zweck", sagte R. schließlich resigniert.

„Vielleicht hilft Musik", meinte der Messerwerfer und holte aus seinem Wohnwagen ein großes altes Tonbandgerät. Es enthielt die einst im Zirkus gespielte Marschmusik. Kaum hatte Clara die ersten Töne gehört, kam sie lammfromm aus der Scheune herbeigetrottet, legte sich auf den Sahara-Sand aus der örtlichen Kiesgrube und ihre traurigen Augen vermittelten die Botschaft „Macht mit mir, was ihr wollt". Ohne den geringsten Widerstand ließt sie sich das Reitgestell auf den Rücken schnallen.

R. wollte die günstige Gelegenheit nutzen und das tun, wofür er den Sattel erworben hatte, nämlich aufsteigen. Doch Clara hatte nur den ersten und nicht auch schon den zweiten Schritt erlaubt. Deshalb ließ sie wieder das Warnsignal des Nildampfers ertönen, erhob sich und eilte in die Scheune.

Am nächsten Tag erlaubte Clara, dass R. in den Sattel stieg. Doch als er mit Zurufen wie Hüh und Hott und „Nun mal

los, alte Dame" versuchte, sie zum Aufstehen zu bewegen, blieb sie stur im falschen Wüstensand liegen. Gerade wollte er wieder absteigen, da erhob sie sich und zwar mit den Hinterbeinen zuerst, was dazu führte, dass R. mit dem Kopf voran zu Boden stürzte. Benommen blieb er eine Minute liegen, rief „verdammte Bestie" und humpelte nach Hause.
Für eine Woche stellte er daraufhin die Besuche ein, bat den Messerwerfer, den Sattel in der Scheune zu verbergen. Seinen seit Karl-May-Lesezeiten gehegten Traum, auf einem Kamel durch die Wüste oder zumindest um den Westsee zu reiten, gab er auf.
Clara muss den Liebesentzug gespürt haben, denn bei Rs nächstem Besuch lag sie mit derart verführerischem Blick auf ihrer Sandbank, dass R. noch einmal schwach wurde. Er holte den Sattel, saß kaum zwischen den Höckern, da erhob sich Clara sehr vorsichtig, benötigte kein Hüh und kein Hott, schaukelte so behutsam um den Wiesenrand, als transportiere sie neben Weihrauch und Myrrhe feinste chinesische Porzellanvasen.
R. war derart stolz über den so mühsam errungenen Erfolg, dass er Frau Susanne am Abend von seiner neuen Sportart berichtete. Von dem Kauf sagte er jedoch nichts. Die echte Gattin gestand nun ihrerseits, dass sie sich auch schon sehr gewundert habe, dass R. in jüngster Zeit etwas streng, ja, sie würde sagen exotisch gerochen habe.
Da Wiese und Scheune abseits gelegen waren, erfuhr kein Außenstehender von dem ungewöhnlichen nächtlichen Vergnügen des ehemaligen Ministerpräsidenten. Das sollte sich allerdings ändern.

Stets nur im Kreis zu laufen, das gefiel auf Dauer weder R. noch Clara, die immer häufiger einfach stehen blieb und über den Zaun blickte. Sehnsuchtsvoll, wie R. zu erkennen glaubte. „Wie wäre es mit einem Ausflug", fragte er daher, „nach Einbruch der Dunkelheit". Er sprach häufig mit Clara. Obwohl er wieder keine Antwort erhielt, hörte er genau, was sie sagte: „Auf dieses Angebot warte ich schon lange."
Eine Stunde dauerte der erste Ritt um den See, und nach der Rückkehr ging R. so schwankend nach Hause als habe er schwer gezecht.
Wenn das Wetter es zuließ, wiederholten sie den Ausflug an jedem Wochenende. Stets in der Dunkelheit, und noch nie waren sie jemandem begegnet. Aber sie waren gesehen worden. Einmal von einem Liebespaar, dann von zwei älteren Männern, die sehr aktive Nacktwanderer waren und sich beim Näherkommen des unheimlichen Reiters mutig hinter einem dornigen Busch wilder Rosen verborgen hatten.
„Ist das nicht …" Ganz sicher waren sie sich nicht, aber einer der Männer kannte jemanden von der Zeitung, und der legte sich auf die Lauer. Von dem Blitzlicht erschraken R. und Clara gleichermaßen. Einer von ihnen ahnte Böses.
Drei Tage später erfuhr die Öffentlichkeit, dass der ehemalige Ministerpräsident sich von einem Zirkus ein Kamel auszuleihen pflegte und bei seinen Ausritten durch die Nacht Mensch und Tier erschrecke.
Hat er den Verlust der Macht nicht unbeschadet überstanden? hieß es in dem Artikel. Oder trainierte er heimlich für das berühmte Wüstenrennen von Dakar, spottete ein Glossenschreiber.

In einem offenen Brief forderte ihn die Nachwuchsorganisation seiner Partei auf, sich für seine „nächtlichen Eskapaden“ zu entschuldigen, da er dem Ansehen der Union Schaden zugefügt habe. Die Umweltpartei sprach von Tierquälerei, und der für seinen bizarren Humor bekannte Nachfolger meinte, da hätten offenbar zwei Kamele zueinander gefunden.
R. amüsierte sich über die Veröffentlichungen und setzte seine nächtlichen Ritte unbeirrt fort. Nachdem er sich an einem Ast eine schmerzhafte Beule zugezogen hatte, benutzte er sogar einen weißen Turban.

Kapitel 26

DIE PISTOLE

Wahlkämpfe hatte R. stets als Jungbrunnen empfunden. Legten andere prominente Parteifreunde Wert darauf, bei der Terminverteilung nicht mehr als einen Auftritt pro Tag absolvieren zu müssen, hielt R. drei oder gar vier Reden. Und keineswegs immer dieselben. Auf einem Dutzend postkartengroßer Zettel hatte er sich zwar einige grundsätzliche Aussagen zu den Themen Bildung, Wirtschaft und Soziales notiert, doch dieses Fundament schmückte er mit Einzelheiten aus der Region, in der er gerade auftrat.

Er war kein begnadeter Redner, aber er sprach so, dass seine Zuhörer ihn verstanden.
Nun war wieder einmal Wahlkampf, und R. stellte mit Verwunderung, zugleich aber auch mit Erschrecken fest, dass ihn seine frühere Begeisterung verlassen hatte. „Drei Auftritte am Tag“, ausgeschlossen, er sei schließlich nicht mehr der Jüngste, ließ er die Parteizentrale wissen. Auch Fahrten in die äußersten Landesteile, dazu noch bei Dunkelheit, möge man ihm ersparen. Und wenn er aus seiner jahrelangen Erfahrung einen guten Rat geben dürfe: Die langen Reden von einst seien im Zeitalter der kurzen Botschaften ganz gewiss nicht mehr gefragt.
In der Wahlkampfzentrale hieß es daraufhin, R. habe offensichtlich körperlich und intellektuell mächtig abgebaut. Er erhielt daher die Aufgabe, die erwartete „große Prominenz“ aus der Bundespolitik bei ihren Auftritten im Land zu begleiten.
R. empfand das zunächst als Degradierung. Nachdem ihm Frau Susanne die Vorteile dieses Einsatzes erklärt hatte, teilte er der Zentrale mit, er freue sich sehr, einmal mehr zum Wohle der Partei tätig werden zu können.
Schon beim ersten Einsatz ereignete sich eine dramatische Panne.
Die Kanzlerin sollte auftreten. Gerade noch war sie in Brüssel, anschließend in Paris und nun Hauptrednerin der Großveranstaltung auf dem Marsfeld. 2000 Gäste, darunter 200 Störer, waren gekommen.
Bei der Begrüßung sagte die Kanzlerin zu R. „Schön, dich mal wieder zu sehen. Ich soll dich auch von deinem neuen

Freund aus dem Weißen Haus grüßen.“ Die Stimmung war also trotz des Termindrucks prächtig.
Noch zehn Minuten bis zum Beginn der Veranstaltung. R. sollte die Anwesenden kurz begrüßen und den weitgehend unbekannten Spitzenkandidaten vorstellen, dessen Namen er der Kanzlerin auf einen Zettel geschrieben hatte. Sicherheitshalber hatte er den Veranstaltungsort hinzugefügt. Eine halbe Stunde war für die Kanzlerin vorgesehen, der Zeitplan war eng, denn am Abend sollte ein Treffen mit Bankern und Wirtschaftsvertretern im Kanzleramt stattfinden.
Nichts deutete auf Unvorhergesehenes hin, bis einer der Sicherheitsbeamten R. ins Ohr flüsterte „Wo ist hier das Klo?“. R. sah dem Mann die Not an und hatte aufgrund eigener Erfahrung volles Verständnis. Er zeigte die Richtung: Gerade aus, dann links, und schon war der Mann verschwunden. Nach der Rückkehr zwinkerte er R. dankbar zu und stürzte im nächsten Augenblick wieder davon. So aufgeregt wie er zurückkehrte ahnte R., dass etwas passiert sein musste. „Ich habe meine Pistole abgeschnallt, sie neben die Kloschüssel gelegt, und jetzt ist sie weg“, flüsterte er R. ins Ohr.
„Scheiße“, sagte R. sehr selten. Jetzt sagte er es gleich zweimal hintereinander. Dort stand die Kanzlerin, und jemand in der Nähe hatte eine Pistole, die ihm nicht zustand. Noch dröhnte die Musik, in wenigen Minuten würde die Kanzlerin ans Rednerpult treten, in ihrer leuchtend roten Jacke ein nicht zu verfehlendes Ziel.
Der gar nicht mehr forsche, sondern sehr kläglich wirkende Sicherheitsbeamte hatte seinem Vorgesetzten den Verlust schon gestanden. Muss die Kanzlerin informiert werden?

Soll die Veranstaltung abgebrochen werden, noch ehe sie richtig begonnen hatte? R. war plötzlich zum Krisenmanager geworden, schlüpfte zusätzlich in die Rolle des Feldherrn und gab energisch das Zeichen zum Beginn der Schlacht. Zunächst allerdings mit der Durchsage „Einer unserer technischen Mitarbeiter hat in der Toilette ein Lederetui mit Inhalt vergessen. Ich bitte den ehrlichen Finder um schnelle – notfalls unauffällige – Rückgabe, damit wir mit der Veranstaltung beginnen können."
So herzlich wurde noch auf keiner Wahlkundgebung gelacht. In der allgemeinen Ausgelassenheit schlich ein Zehnjähriger fast unbemerkt auf die Herrentoilette und legte das braune Etui mit dem technischen Inhalt dorthin, wo er es gefunden hatte.
Als R. am Schluss der Veranstaltung von einem Journalisten gefragt wurde, welche Bewandtnis es mit der merkwürdigen Durchsage gehabt habe, behauptete R., soweit er gehört habe, handelte es sich um einen für die Lautsprecheranlage wichtigen Akku. Der Reporter zeigte sich mit der Auskunft zufrieden, gab sie an seine Kollegen weiter, und der Vorfall blieb in allen Medien unerwähnt.
Drei Tage später griff der bayerische Agrarminister in den Wahlkampf ein. Eigentlich hatte der Ministerpräsident zugesagt, sehr kurzfristig jedoch mitgeteilt, er sei wegen einer dringenden innenpolitischen Angelegenheit zu seinem großen Bedauern verhindert. Der Agrarminister flüsterte R. schon bei der Ankunft zu: „Der hatte was Besseres vor." Dabei machte er eine Handbewegung, die in Bayern jeder versteht, jenseits des Mains aber keiner.

Er selbst habe zu diesem Noteinsatz natürlich auch keine Lust, fügte der Gast hinzu, sei dem Chef jedoch zu Dankbarkeit verpflichtet und könne sich daher nicht leisten, einen Wunsch abzulehnen.
Da er schon früh aufgestanden und im Flugzeug nur billiger Rotwein angeboten worden war, wollte er zur Mittagszeit erst einmal ein ordentliches Bier trinken. Wie daheim gewohnt, waren das zwei Maß, die im Norden in vier Gläsern zu je einem halben Liter serviert wurden. R. versuchte, die Bestellung mit dem Hinweis einzuschränken, der Alkoholgehalt des Bieres sei hierzulande höher als in Bayern. Der Gast aber versicherte, wenn auch nur ein einziger Tropfen an der zweiten Maß fehle, sei er am Rednerpult ein völliger Versager. Als sich der Agrarminister auch noch dreimal aus der zum Gedeck gehörenden Flasche mit dem Aquavit bediente, sah R. die Veranstaltung auf der Kippe stehen und drängte zum Aufbruch.
Da die Busse für den Transport der Parteifreunde nach der Absage des bayerischen Ministerpräsidenten nicht mehr abbestellt werden konnten, war die Halle gut besetzt, die Stimmung dagegen aber schlecht. Man war gekommen, um den für seine provozierenden und zugleich unterhaltsamen Reden geschätzten CSU-Vorsitzenden zu hören, und jetzt sollten sie mit einem unbekannten Ersatzmann vorlieb nehmen. Und der war, wie nicht zu übersehen, auch noch deutlich indisponiert. Der Spitzenkandidat hatte das bereits bei der Begrüßung bemerkt und weigerte sich, zusammen mit dem Gast auf die Bühne zu treten. Die gesamte Last der Verantwortung lag somit bei R., der sich damit erneut als Krisenmanager betätigen musste.

Den Parteifreund aus dem Süden ans Rednerpult zu lassen, schien ihm viel zu riskant. Eine unauffällige Prüfung hatte ergeben, dass es keine geeignete Stütze für einen mit dem Gleichgewicht kämpfenden Redner war.
Außerdem bestand die Gefahr, dass der Gast eine bei ähnlichen Veranstaltungen in Bayern übliche Rede von etwa zwei Stunden Dauer halten würde und damit schon bei Halbzeit den Saal geleert hätte.
Daher ließ R. zwei Sessel herbei tragen und teilte dem Auditorium mit, der Gast habe den abrupten Wechsel von Föhn in Bayern zum herben Klima des Nordens mit einem Migräneanfall bezahlt. Anstelle der angekündigten Rede werde daher ein kurzes Zwiegespräch stattfinden.
R. befürchtete zunächst, der Agrarminister werde in dem tiefen Sessel nach wenigen Minuten sanft entschlummern. Doch der war plötzlich gar nicht mehr indisponiert, sondern geradezu aufgekratzt. Zwar sprach er R. mehrfach mit „Mein lieber Franz Josef“ an und sagte „wir hier in der CSU“, aber das Publikum deutete dies als bayerischen Humor. Niemand nahm auch Anstoß daran, dass zwischen Rs Fragen und den Antworten des Agrarministers selten irgendein Zusammenhang bestand.
Seine lebhafte Schilderung vom entbehrungsreichen Leben der Bergbauern und eigene Erfahrungen mit der Herstellung von Enzian-Schnaps stießen nicht nur auf Interesse, sondern riefen auch immer wieder Heiterkeit hervor.
Nur mit Mühe und dem Hinweis „der Flieger wartet nicht“, gelang es R., das versprochene kurze Gespräch nach zwei Stunden zu beenden.

„58 Sekunden länger als bei der Kanzlerin", vermerkte der Wahlkampfleiter. Gemeint war die Dauer des Schlussbeifalls.

Kapitel 27

ES BRÖCKELT

Die Stimmung im Schattenkabinett verschlechterte sich. Dafür gab es mehrere Gründe.
Zu Beginn jedes Treffens pflegte R. nach wie vor Einzelheiten aus den Sitzungen des echten Kabinetts zu berichten. Die Informationen stießen stets auf große Aufmerksamkeit. Immer wieder fragten die Schattenminister, woher der Vorsitzende die genauen Angaben über Personalien oder vertrauliche Projekte erfahren habe. Von einer Vertrauensperson, deren Identität er nicht preisgeben dürfe, antwortete R. ein ums andere Mal.
Und plötzlich versiegte diese Quelle. „Heute keine aktuelle Lage", musste R. am Beginn der Sitzung mitteilen. Beim nächsten Treffen folgte der Hinweis, der beliebte Tagesordnungspunkt „Berichte aus dem Landeskabinett" müsse künftig entfallen. „Sehr bedauerlich", lautete der einhellige Kommentar. Für R. war es ein erheblicher Autoritätsverlust.

Und die Schuld trug Frau Wichmann. Schriftlich hatte sie in einem knappen Satz mitgeteilt „Ich kann leider nicht mehr liefern". Als R. sie daraufhin erschrocken anrief und nach den Gründen für den Abbruch der bisher doch so freundlichen Beziehungen fragte, reagierte sie geradezu unwirsch. Das Lauschen an der Wand und die Weitergabe des Gehörten könne sie nicht mehr mit ihrem Gewissen vereinbaren. Erschwerend komme hinzu, dass demnächst Renovierungsarbeiten im Haus anstünden. Daher müsse sie den von ihr entfernten Schallschutz schleunigst an seinen ursprünglichen Platz zurückbringen.

Alle Versuche, Frau Wichmann umzustimmen, blieben erfolglos. Geradezu entrüstet reagierte sie auf die Andeutung, dass eventuell ein kleines Honorar abfallen könnte. „Ich bin doch keine Spionin", sagte sie und beendete das Gespräch.

Nach dem Wegfall der Hintergrundinformationen nahm im Schattenkabinett die Begeisterung über die ohnehin nur noch halbherzig geführten Beratungen zu Themen wie Landesetat, Schülerbeförderung und Blindengeld weiter ab. Auch die anfangs mit geradezu kindlicher Freude betriebene Spielrunde hatte ihren Reiz verloren. Von Mühle und Halma war man erst zum Skat und dann zum Pokern übergegangen. Dabei kam es häufig zu heftigen Auseinandersetzungen. Besonders der Innenminister erwies sich als schlechter Verlierer. Wiederholt warf er die Karten erbost auf den Boden und verabschiedete sich „auf ewig". Nach zehn Minuten kam er jedoch stets zurück.

Nur die von Frau Susanne vorbereiteten Birnen, Bohnen und Speck waren beliebt wie am ersten Tag geblieben. Der

Justizminister hatte sogar sein Reisgericht abbestellt und sich dem Gemeinschaftsmahl angeschlossen.
Um ein weiteres Abbröckeln der Begeisterung zu verhindern, schlug R. vor, sich künftig nur noch alle drei Monate zu treffen. Sollten wichtige Themen zu beraten sein, würde er zur Sondersitzung einladen. Und da man schon bei den Reformen war, wurde ein Antrag des Innenministers angenommen, die in der Geschäftsordnung festgelegte Variation der Anrede zu streichen. Damit standen alle Mitglieder des Schattenkabinetts während des gesamten Treffens wieder auf Duz-Fuß.
Nach diesen Beschlüssen entspannte sich die zuvor gereizte Stimmung deutlich. Man unternahm einen Spaziergang um den See, kehrte einmal mehr beim Teichwirt Otto Carstens ein und ließ beim nun schon traditionellen Umtrunk so häufig nachschenken, dass für die Heimfahrt Taxen bestellt werden mussten.

Kapitel 28

UNNÖTIGE VISITE

Einladungen zu Klassentreffen hatte R. stets abgelehnt. Weißt du noch …, und der ist auch schon gestorben, und dem ist die Frau weggelaufen. Er konnte es nicht mehr hören. Und dann sagte er beim Frühstück zu Frau Susanne „Ich gehe heute mal in den Landtag, bin neugierig, was sich verändert hat."

„Würde ich nicht machen", erwiderte die Gattin. „Aber du musst es selber wissen."

Mehr als zwei Jahre waren seit seiner Wahlniederlage vergangen. Fuhr er in seiner Amtszeit am Landtagsgebäude vor, erhob sich der Pförtner von seinem Platz und wünschte einen „Guten Morgen, Herr Ministerpräsident". Jetzt schnarrte er durch die Sprechanlage „Haben Sie eine Besucherkarte?" Hatte R. natürlich nicht.

Die Sitzungen des Landtags seien doch wohl noch immer öffentlich, und er wolle sein Recht als Bürger wahrnehmen. Das sagte er so energisch, dass der Pförtner ihm mit den Worten „bitte ausfüllen" ein Formular zuschob. R. schrieb Namen, Wohnort und Grund des Besuchs, und obwohl es gar nicht verlangt wurde, fügte er „Ministerpräsident a. D." hinzu.

Als der Pförtner die Berufsbezeichnung las, war er sichtlich erschrocken, erhob sich von seinem Platz, sagte „Guten Morgen und herzlich willkommen, Herr Ministerpräsident", rief außerdem nach einem Kollegen und bat ihn, den hohen Gast zur Tribüne zu begleiten.

Von hier oben hatte er seine ehemaligen Kollegen noch nie beobachtet. Sehen ja aus wie Spielzeugpuppen, bewegen sich allerdings. Jedenfalls die meisten. Manche erstaunlich lange Zeit nicht. Sind sie eingeschlafen? Der Peter Krüger sitzt nun schon seit Jahren in der letzten Reihe. Blättert ungeniert in einem bunten Bilderbuch. Ein Opernglas würde

Einzelheiten erkennen lassen. Und der bildungspolitische Sprecher löst immer noch heimlich Kreuzworträtsel, wird dennoch nicht schlauer. Holt sogar Auskünfte beim Nebenmann ein. Vielleicht sucht er einen altrömischen Kaiser mit vier Buchstaben. Wie wär's mit Nero?

Ach, sieh an, der Langmann ist auch noch da. War stinksauer, als ich ihn nicht zum Sozialminister machte, wäre allein nie auf den Gedanken gekommen, dass er dafür zu wenig Gehirnzellen hat. Jetzt korrigiert er schon wieder gründlich die stenografische Fassung seiner Rede. Im gedruckten Protokoll liest sie sich dann ganz schlau. Es müsste mal das Original veröffentlicht werden.

Wie sorgfältig der Petersen seine Haarsträhnen über die kahle Kopfhaut geklebt hat. Er sollte sehen, wie das von oben aussieht.

Der feiste Schröder, ganz wichtig in Reihe eins, am Ohr ständig das Telefon. Ob er verdrängt hat, dass er einst einen Kontrahenten mit anonymen Anrufen kaltstellen wollte?

Wer ist das denn, der sich da unter der Tischplatte die Fingernägel säubert?

Beim Blick auf die Regierungsbank verspürte R. einen leichten Krampf in der Magengegend. Na ja, so schlecht wie zu befürchten war, macht es der Nachfolger nicht. Redet allerdings reichlich geschwollen, hat bisher auch mehr versprochen als verwirklicht. Streichelt in der eigenen Partei Rechte und Linke gleichermaßen.

Zwei Regierungsmitglieder ohne Krawatte? Muss doch wirklich nicht sein. Wahrscheinlich kommen sie im Sommer in kurzen Hosen und Badelatschen.

Also derart langweilig waren die Reden in meiner Zeit doch wohl nicht. Oder? Und Wort für Wort vom Blatt abgelesen. Da können einem wirklich die Augen zufallen.
R. dachte an die Bemerkung von Frau Susanne am Frühstückstisch und beschloss, die Tribüne zu verlassen. Als er etwas zu laut aufstand, blickte sein Nachfolger nach oben, erkannte ihn und hob zwei Finger zum Gruß. Er ist ja ganz freundlich, dachte R. und er dachte gleichzeitig an seinen nächtlichen Besuch und an die beiden Briefe. Um sein schlechtes Gewissen zu beruhigen, beschloss er, umgehend die vier noch unbenutzten Briefbögen zu vernichten, um nicht erneut in Versuchung geführt zu werden. Eigentlich müsste er auch die beiden Büroschlüssel entsorgen. Aber man soll nichts übertreiben.

Kapitel 29

DAS PORTRÄT

Seit dem Abenteuer mit Dr. Kunze und dem steuerflüchtigen Mäzen von Lugano hatte sich Rs Verhältnis zur Kunst verschlechtert. Darunter musste auch Ferdinand Andresen leiden, der ihn porträtieren sollte. Dabei hatte er ihn selbst ausgesucht. Aber das war vor dieser aufregenden Geschichte mit der Transaktion des Bildes gewesen, das an-

geblich so wertvoll ist, obwohl es nur einen grauen Himmel und ähnlich düstere Wellen darstellt.
Als R. zustimmte, sich wie seine Amtsvorgänger „in Öl legen zu lassen", wie er es nannte, ging er davon aus, in zwei, drei Stunden wäre alles erledigt und der Künstler wieder aus dem Haus. Und dann dieser Aufstand, der sich über Wochen erstreckte.
Zunächst hatte R. das Schreiben aus der Kulturabteilung des Ministeriums gar nicht geöffnet, vermutete wieder eine Einladung zu einer Ausstellung, bei der man zwei Stunden lang auf einem unbequemen Stuhl sitzt und sich Redner anhören muss, die mit Gefängnis nicht unter drei Jahren bestraft werden müssten. Erst als der Abteilungsleiter telefonisch nachfragte, ob er sich wegen der Porträtierung schon entschieden habe und das Schreiben nach mühsamer Suche entdeckte, erfuhr er von der geplanten Belästigung.
„Muss das wirklich sein", fragte er Frau Susanne und die beschied: „Da kommst du nicht drum rum. Außerdem bin ich gespannt, wie du im Goldrahmen wirkst." Damit war die Angelegenheit zwar entschieden, die Probleme aber begannen erst. Er möge sich einen Künstler wählen, hieß es im nächsten Schreiben aus dem Ministerium. Die Diskussion mit Frau Susanne über einen geeigneten Kandidaten dauerte eine Woche, an die sich drei Tage anschlossen, an denen mit Rücksicht auf den häuslichen Frieden das Thema ausgeklammert wurde.
Kaum hatten sich die Wogen geglättet, machte R. am Frühstückstisch die provozierende Bemerkung „Ich empfehle den Künstler Richter. Soll er doch mal zeigen, dass er nicht

nur grauen Himmel und düstere Wellen, sondern auch einen Menschen malen kann." Frau Susanne antwortete knapp „du spinnst" und verschwand in der Küche.
Am Abend fiel die Entscheidung für Ferdinand Andresen, dem R. schon einmal einen Orden verliehen hatte. Um die lästige Angelegenheit möglichst zügig zu erledigen, teilte er dem Erwählten schon am nächsten Tag sein Anliegen mit, wunderte sich, dass die Zustimmung nur zögerlich erfolgte. Er bereite gerade eine Ausstellung vor, plane zusätzlich eine Reise nach Afrika, habe eigentlich erst im nächsten Jahr wieder etwas Luft, sagte der Künstler.
Die Sache eile, beschied R., und es sei doch wohl schließlich eine Ehre, in der Ahnengalerie der Ministerpräsidenten vertreten zu sein. Außerdem sei ein Honorar von 10 000 Euro ja nun wirklich kein Pappenstiel. Nach längerem Schweigen antwortete der Künstler Andresen „na gut" und ließ offen, ob ihn die Ehre oder das Honorar überzeugt hatte.
Damit schien der Auftrag fest vereinbart. Doch der Schein trog, denn R. fügte hinzu „ich möchte auf dem Hochsitz gemalt werden". Der für seine Wortkargheit bekannte Künstler sagte „meinetwegen". Er war mit den Gedanken ohnehin teils in Afrika, teils bei der bevorstehenden Ausstellung.
Er habe die Angelegenheit geregelt, teilte R. umgehend der Kulturabteilung mit. Ferdinand Andresen sei zweifellos ein Kunstschaffender von Rang, sowie es die Witterung erlaube, werde man mit der Malerei am Hochsitz beginnen.
Der Leiter der Kulturabteilung las die E-Mail dreimal, ehe er sicher war, den Inhalt in seiner ganzen Bedeutung ver-

standen zu haben: Der Ministerpräsident a. D. wollte wirklich für das offizielle Porträt für die Ahnengalerie vor oder gar auf dem Hochsitz posieren? Möglicherweise sogar mit einer Flinte im Anschlag? Sicherheitshalber fragte der Abteilungsleiter bei Ferdinand Andresen nach, ob er das Schreiben richtig gedeutet habe. Der Künstler wollte an diesem Tag eigentlich gar nicht sprechen, sondern lediglich malen. Daher sagte er nur „ja".

Daraufhin meldete sich der Abteilungsleiter bei dem zuständigen Staatssekretär und schilderte ihm die Angelegenheit. Der Staatssekretär war gerade von seinem Minister getadelt worden, weil er einem Journalisten verraten hatte, dass die Zahl der Lehrer erhöht werden soll. Diese gute Nachricht wollte der Minister auf einer Sonderpressekonferenz selber verkünden. Dieses Vorhaben war nun verdorben. Als der Staatssekretär hörte, was ihm der Abteilungsleiter Kultur erzählte, schrie er zwei Beleidigungen ins Telefon. Eine bestimmt für den Abteilungsleiter und die andere für den ehemaligen Ministerpräsidenten.

Um sich zu beruhigen, wartete der Abteilungsleiter im Rang eines Ministerialrats bis zum nächsten Tag mit dem fälligen Anruf bei R. Er konnte nicht ahnen, dass dies kein günstiger Zeitpunkt war, denn R. hatte erstens Zahnschmerzen und zweitens gerade erfahren, dass Clara unter Koliken litt und dringend einen Arzt benötigte.

„Wieso ist ein Hochsitz unpassend für ein Porträt", fuhr er den Abteilungsleiter an. „Hab ich den etwa schwarz gebaut oder ist das Holz gestohlen?" Er merkte gleich, dass dies keine gute Reaktion war. Er hätte lieber sagen sollen, einer

seiner Amtsvorgänger sei schließlich vor dem Hintergrund seiner Mitgliedschaft in der NSDAP gemalt worden. Nein, das konnte er auch nicht, weil es sich ja um einen Parteifreund handelte und besagter Hintergrund auf dem Gemälde auch nicht zu sehen war.
Nach einem Monat war das Porträt dann tatsächlich fertig gestellt. Es zeigte R. an seinem Schreibtisch vor einer angedeuteten, in Wirklichkeit nicht vorhandenen Bücherwand. Er war mit dem Ergebnis mäßig zufrieden, Frau Susanne nannte das Werk „insgesamt sehr authentisch“, und der Abteilungsleiter Kultur, bisher ein treuer Anhänger der Konservativen, beschloss vorzeitig, bei den nächsten Wahlen seine Stimme den Sozialdemokraten zu geben.

Kapitel 30

EINE FREMDE WELT

„Wir sehen uns dann in München“, hatte der bayerische Agrarminister beim Abschied gesagt, und R. dachte, wie will der wohl mit dem Rotwein, dem Bier und dem Aquavit nach Hause kommen? Von einem Gegenbesuch war vorher auch gar nicht die Rede gewesen. Aber bereits nach einer Woche erreichte ihn ein Schreiben der CSU-Wahlkampfleitung. Man freue sich über die Zusage – die R. gar

nicht gegeben hatte –, plane zwei öffentliche Auftritte, komme selbstverständlich für sämtliche Kosten auf.
R. fragte sich, welchen Sinn es mache, wenn er in München, wo ihn keiner kennt, vor vielleicht 100 CSU-Mitgliedern die Vorzüge des ihm völlig unbekannten örtlichen Bewerbers für den Bundestag preise. Zusammen mit der eingeschränkten Zusage und zwei Terminvorschlägen schickte er seine Bedenken an die bayerische Wahlkampfzentrale.
Man freue sich über die spontane Begeisterung, hieß es in der Antwort. Gerade das Unbekannte erwecke doch Neugierde und Interesse. Was den Inhalt seiner Rede betreffe, da möge er sich keine Sorgen und nicht allzu viele Gedanken machen, sondern möglichst Heiteres aus seiner nordischen Heimat vortragen. In der Ankündigung für die Presse werde man ihn als einen der prominentesten Politiker Norddeutschlands bezeichnen, der zwar nicht mehr in der Verantwortung stehe, hinter den Kulissen jedoch bei allen Entscheidungen seiner Partei ein gewichtiges Wort mitspreche.
Frau Susanne brachte ihn zum Flughafen, dort nahm man ihm bei der Sicherheitskontrolle die Nagelschere ab. Anschließend musste er die Schuhe ausziehen und fühlte sich nackt als er an beiden Socken Löcher sah.
In München erwartete ihn in der Ankunftshalle der Chef der Staatskanzlei und direkt am Eingang ein BMW mit Chauffeur. Im Bayerischen Hof war die Junior-Suite reserviert und für 19 Uhr der erste Auftritt vorgesehen.
Wie lange er zu reden gedenke, fragte der für seine Betreuung abgestellte Referent im Rang eines Ministerialrats. Höchstens 45 Minuten, sagte R. Das sei für hiesige Verhält-

nisse sehr kurz, erwiderte der Referent. Um die Parteifreunde nicht zu enttäuschen, wäre es empfehlenswert, die Rede ein wenig zu erweitern. Auf anderthalb Stunden etwa. Rs Einwand, so viel gebe sein Manuskript nicht her, begegnete der Ministerialrat mit dem Ratschlag, Aussagen aus dem ersten Teil etwas später ein wenig abgeändert zu wiederholen. Die heimischen Parteifreunde würden es schätzen, wenn sie etwas hörten, was ihnen bekannt vorkomme. R. wunderte sich zwar über dieses Argument, schloss sich den heimischen Sitten jedoch notgedrungen an. Erstaunt war er auch darüber, dass an die 300 Gäste zu der Veranstaltung kamen. Mindestens 95 Prozent Männer, und jeder hatte ein großes Glas Bier vor sich stehen. War es leer, brachten auch während seiner Rede robuste Serviererinnen Nachschub.

R. hatte sein Manuskript aus früher gehaltenen Reden zusammengeklebt und durch kräftige Attacken gegen den politischen Gegner ergänzt. Er sprach über Europa und den Euro, über Nöte der norddeutschen Landwirtschaft, berichtete von den Problemen der Krabbenfischer und über die hohen Kosten für den Küstenschutz. Obwohl er nicht den Eindruck hatte, große Begeisterung hervorzurufen, erhielt er mehrfach Beifall. Als er nach einer Stunde merkte, dass nur noch zwei Seiten im Manuskript übrig waren, fügte er kleine Begebenheiten aus seinem, wie er sagte, reichen politische Erfahrungsschatz hinzu. Dazu gehörte die Geschichte von dem schon etwas betagten Parteifreund, der begeisterter Jäger war. Eines Abends erschien er bei seinem Nachbarn und fragte, ob er dessen altes braunes Pferd kaufen könne. Der Nachbar stimmte sofort zu, wollte aber wissen, was er mit der betagten Mähre anfangen wolle. „Ich habe sie gerade mit einem Rehbock verwechselt und abgeschossen", lautete die Antwort.

Die Heiterkeit im Saal war groß, einige Zuhörer riefen sogar „Zugabe".

Sein Gastgeber, der Agrarminister, bescheinigte R. beim anschließenden Haxen-Essen eine außerordentlich informative und vor allem auch unterhaltsame Rede gehalten zu haben. Sie hätte allerdings ein wenig länger sein können.

Die zweite Veranstaltung am nächsten Tag bestand aus einem Weißwurst-Frühstück in kleiner Runde mit 40 örtlichen Mandatsträgern und dauerte drei Stunden. Danach war ein Mittagessen vorgesehen, das R. mit der nicht ganz zutreffenden Entschuldigung absagte, er werde daheim dringend als Schlichter in einem parteiinternen Streit benötigt.

Frau Susanne erwartete ihn am Flughafen, und als sie fragte, ob er den Ausflug genossen habe, antwortete er „Ich war in einer anderen Welt."

Kapitel 31

SCHNÄPPCHENJÄGER

Floh- und Antikmärkte hatten R. schon in seiner Studienzeit angezogen. An manchen Sonntagen nahm er Fahrten von 100 Kilometern und mehr in Kauf. Als er noch Ministerpräsident war, ärgerte er sich oft, wenn er den ganzen Tag in einem überhitzten Saal saß und wusste, dass nur zehn Minuten entfernt wunderbare Dinge angeboten wurden. Er sammelte nichts Bestimmtes, kaufte einfach, was ihm gefiel: eine bunte Glasvase, ein glänzendes altes Messingschloss, 30 Meter dickes Schiffstau, eine formschöne Jugendstilkaraffe.

Seit dem Machtverlust teilte er Frau Susanne mindestens einmal im Monat beim Frühstück mit: „Ich gehe auf Einkaufstour“. Einmal hatte die Gattin zu fragen gewagt, ob sie ihn begleiten könne. Sein „Muss wirklich nicht sein“ war so eindeutig, dass sie auf jeden weiteren Versuch verzichtete. Sie frage auch nicht, wohin er fahre. Es gab jedoch eindeutige Hinweise, ob er eine längere oder eine kurze Reise plante.

Bevor R. aufbrach, verschwand er für eine halbe Stunde im Badezimmer und heraus kam ein Fremder. Jedenfalls dann, wenn das Ziel jenseits der Landesgrenze lag. Es ist schon erstaunlich, wie eine Perücke und ein falscher Bart, dazu eine Hornbrille mit Fensterglas einen Menschen verändern können.

Als Frau Susanne ihn das erste Mal in dieser Verkleidung sah, fragte sie erschrocken, ob er einen Banküberfall oder gar einen Mord plane. Seine Erklärung beruhigte und überzeugte sie jedoch. Auf einen Flohmarkt geht man nicht, so erfuhr sie, weil man etwas benötigt, sondern um ein Schnäppchen zu machen, um den Verkäufer zu besiegen. Tritt jedoch jemand an den Stand, der als Ministerpräsident erkannt wird, ist der Kampf für den potenziellen Käufer von vornherein verloren. Manchmal sagt der Anbieter „Sie gefallen mir, ich habe Sie und Ihre Partei stets gewählt, daher schenke ich Ihnen die gewünschte Vase." Daraufhin zahlt man natürlich den vollen Preis, ist peinlich berührt und unzufrieden zugleich. Oder aber der Verkäufer denkt, Politiker füllen sich doch ohnehin mit unserem Geld die Taschen und fordert 35 Euro für die Vase. Dabei hatte er sie kurz vorher für 20 Euro angeboten.

Außerhalb der Landesgrenzen, wo ihn in der Bevölkerung kaum jemand kannte, war die Maskierung überflüssig; denn sie brachte nicht nur Vorteile, sondern barg auch Risiken. So bat ihn bei einer Führerscheinkontrolle der Polizeibeamte nach einem langen misstrauischen Blick, doch bitte einmal kurz die offenkundig nur mit Fensterglas bestückte Brille abzunehmen. Erst dann glaubte er, Übereinstimmung zwischen Original und Foto zu erkennen.

Ein anderes Mal verhandelte R. um den Erwerb eines Buches, konnte sich nicht zum Kauf entschließen und sah plötzlich neben sich einen guten Bekannten. Für eine Sekunde vergaß er, dass er ein Fremder war und fragte den Nebenmann „Was meinst du, Christian, soll ich zuschlagen?"

Der Angesprochene blickte sehr erstaunt. R. fürchtete, erkannt zu werden, murmelte eine Entschuldigung und eilte davon.
Als ihm die „Tanzenden Blumenmädchen“ in die Hände fielen, war R. noch einfacher Abgeordneter, benötigte keinen Bart und keine Perücke. Es war wirklich ein Glücksfall, von dem jeder Schnäppchenjäger träumt.
An einem Stand mit allerlei Krimskram hatte er einen Aschenbecher aus schwerem Messing gekauft. Während der Händler noch nach einer Plastiktüte suchte, blätterte R. in einem Stapel mit Fotografien und kindlich wirkenden Zeichnungen. Für seinen Geschmack war nichts dabei. „Ein Stück kostenlos für die Gattin“, sagte unvermittelt der Händler, und R. wählte aufs Geratewohl ein besonders buntes Bild. Zuhause wollte er das Blatt schon in den Papierkorb werfen, legte es dann aber erst einmal auf den Schreibtisch. Von dort hörte er am Abend einen Schrei.
Seine zu Besuch angereiste jüngste Tochter, selbst dilettierende Künstlerin ohne Aussicht auf eine große Karriere, hielt ihm das bunte Bild entgegen und behauptete: „Nolde, kein Zweifel, eines seiner ungemalten Bilder“. R. hatte Siegfried Lenz' „Deutschstunde“ gelesen. Er kannte daher Nolde und wusste, dass die ungemalten Bilder durchaus gemalt waren, eben nur heimlich, weil die braunen Machthaber dem Maler aus Seebüll das Malen verboten hatten.
Wer ihm das wunderbare Stück verkauft und was er bezahlt habe, und ob er es sich tatsächlich an die Wand hängen wolle, fragte die Tochter, schließlich könne es Diebe anlocken. „Wenn du auf eine Antwort verzichtest, kannst

du es mitnehmen", sagte R. Hätte er dem Händler den Schatz zurückbringen müssen oder in dem Stapel nach weiteren Kostbarkeiten suchen sollen?
Oder hatte ein ehrlicher Kunde den Ahnungslosen aufgeklärt, sodass schon eine Suche nach dem ebenso großzügig wie unwissend Beschenkten angelaufen ist?
Fortan blätterte R. auf allen Floh- und Antikmärkten jeden Bilderstapel durch, entdeckte jedoch nie wieder etwas, was ihn an Nolde erinnerte.

Kapitel 32

DER REPORTER

Die Sitzungen des Schattenkabinetts fanden mittlerweile lediglich alle vier Monate statt. Manchmal saß man nur zu Dritt und unterhielt sich zwanglos über die politische Lage im Allgemeinen und über Personalangelegenheiten im Besonderen. Nur ein Jahr bis zur nächsten Landtagswahl und noch immer kein zugkräftiger Spitzenkandidat in Sicht.
Den nun auch nicht mehr neuen Regierungschef nannte R. stets „mein Nachfolger", brachte den Namen einfach nicht über die Lippen. Zum Missfallen seiner Parteifreunde hatte er gleichzeitig wiederholt behauptet, der Nachfolger mache seine Sache gar nicht so schlecht. Ob dieser Standpunkt

bedeute, dass er eine Große Koalition befürworte, wurde R. gefragt. Und als er antwortete „Warum nicht?", wuchs das Missfallen. Daraufhin schränkte R. seine Teilnahme an Veranstaltungen seiner Partei ein. In seinem sporadisch geführten Tagebuch notierte er: „Es gibt auch ein Leben nach der Politik."

Wie genau das denn ablaufe, wollte der Reporter wissen, den R. nach einigem Zögern zum Gespräch empfing. Unter der Voraussetzung, dass er den Artikel vor der Veröffentlichung lesen und, falls erforderlich, korrigieren dürfe. Ganz unüblich sei ein solches Verfahren, antwortete der Reporter, wenn er es ausnahmsweise einmal akzeptiere, dann nur unter der Zusicherung, dass niemand etwas davon erfahre.

Ob er die Macht vermisse? Was er von der Arbeit des Nachfolgers halte? Ob er an eine Rückkehr in die Politik denke? Ob er in Vollmondnächten noch immer auf einem Kamel um den Westsee reite? Ob er noch Kontakt zum amerikanischen Präsidenten habe?

R. notierte sich die Fragen, bot dem Journalisten Kaffee und von Frau Susanne gebackenen Streuselkuchen an und bat darum, sich eine Viertelstunde zurückziehen zu dürfen. Er wollte sich die Antworten in Ruhe überlegen. Auch dieses Verfahren sei ungewöhnlich, sagte der Journalist, erklärte sich mit der Unterbrechung des Gesprächs trotzdem einverstanden.

Als R. nach der vereinbarten Zeit zurückkehrte, wunderte er sich zunächst, dass der Reporter den Kuchen bis auf ein Höflichkeitsstück verzehrt hatte, die Backkunst der Hausfrau überschwänglich lobte und um das Rezept bat.

Anhand seiner Notizen versicherte R., dass er nach dem Ausscheiden aus seinem durchaus genossenen Amt nicht in das berühmte schwarze Loch gefallen sei. Keinen Tag habe er die Macht vermisst. Ganz im Gegenteil. Er sei wiederholt an den Fenstern seines Büros vorbeigegangen und habe sich jedes Mal gesagt: „Gut, dass du dort nicht mehr sitzen musst." Nur etwas habe ihn gekränkt: Der Nachfolger habe, von außen deutlich sichtbar, die Fahne mit dem Landeswappen entfernt. Das empfinde er als Missachtung der Tradition.

Er werde dieser Angelegenheit sofort nachgehen, versprach der Reporter. Es gebe da noch einen ähnlichen Fall. Daher biete sich ein kritischer Artikel geradezu an.

Was er von seinem Nachfolger halte? Es gebe zwar die eine oder andere Entscheidung, an der ein wenig auszusetzen sei, aber das Gesamturteil müssten die Wähler fällen, und er sei sicher, dass es für den Amtsinhaber nicht besonders erfreulich lauten werde.

Als Antwort auf die Frage, ob er eine Rückkehr in die aktive Politik anstrebe, hatte R. in Druckbuchstaben ein Nein auf seinen Sprechzettel geschrieben. Doch dann erklärte er: „Ein Politiker sollte nie ‚niemals' sagen."

Alle Versuche des Reporters, weitere Auskünfte zu erhalten, brachten keine verwertbaren Informationen. Große Hoffnung hatte er auf den nächtlichen Kamelritt gesetzt, der zu einem Schwerpunkt des Artikels werden sollte. Doch zur Enttäuschung seines Gastes erklärte R., dieses Thema habe ihm bereits so viel Spott eingebracht, dass er darauf nicht mehr eingehen werde. Selbst mehrfaches Nachfragen brachte keinerlei Erfolg. Als Trost bot R. einen Besuch bei den Schafen an.

Und der Kontakt zum amerikanischen Präsidenten? Der Journalist hatte die Frage mehr im Scherz gestellt und war überrascht als er erfuhr, dass die Kanzlerin nach ihrem jüngsten Besuch im Weißen Haus herzliche Grüße an den Freund aus der Toilette mitgebracht habe.
Der anschließende Besuch bei den Schafen verlief zur vollen Zufriedenheit des Journalisten. Der Gastgeber legte nun nicht mehr jedes Wort auf die Goldwaage, sondern berichtete ausführlich über Freud und Leid eines Schafzüchters: Kleine Heuballen seien nur noch mit Mühe zu finden, da sich die Bauern auf die großen Rundballen spezialisiert hätten. Das Kraftfutter sei innerhalb eines Jahres um 20 Prozent teurer geworden, die Wolle bringe dagegen kaum noch nennenswerte Erlöse. Glücklicherweise habe er einen zuverlässigen Scherer an der Hand. Eine wahre Freude bereite es ihm, wenn im Frühjahr die Lämmer umhertobten. Stundenlang könne er dann am Zaun stehen und ihnen zuschauen.
Ob er auch einen saftigen Lammbraten zu würdigen wisse, fragte ausgerechnet in diesem Augenblick der Reporter. Daraufhin reagierte R. geradezu brüsk. „Junger Mann", sagte er streng, „auf meiner Koppel fließt kein Blut." Damit endete die Besichtigung ein wenig abrupt, und der Journalist erfuhr nicht mehr, dass die Schafe nach den ehemaligen Ministern benannt waren.
An dem Artikel, den der Reporter wie verabredet vorlegte, hatte weder R. noch Frau Susanne etwas auszusetzen. Sie korrigierten nur sieben Rechtschreibfehler und einen falschen Genitiv. Frau Susanne hatte zunächst empfohlen,

den Satz mit den Grüßen vom amerikanischen Präsidenten zu streichen, da die Kanzlerin doch offenkundig nur einen Scherz gemacht habe. R. aber setzte sich mit dem Argument durch, sie habe es nun doch einmal gesagt.

Kapitel 33

IN TRAUTER RUNDE

Der Graf von Hohenstein war einer der reichsten Männer des Landes. Eine Hälfte des Wohlstands hatte er geerbt, die andere durch Immobiliengeschäfte hinzugefügt. R. war als Ministerpräsident in den Kreis derer aufgenommen worden, die der Graf zweimal im Jahr zu einem „gemütlichen Beisammensein" lud. Neben dem großen Kreis gab es noch eine kleine Runde. Zu ihr gehörte R., nachdem er den Grafen zum Ehrenbürger des Landes ernannt und für die Verleihung des Bundesverdienstkreuzes am Bande gesorgt hatte. Die Ehrung war damit begründet worden, dass der Herr von Hohenstein sich als großzügiger Förderer von Kunst, Kultur und Umwelt erwiesen habe.

Die erlauchte kleine Runde traf sich alle sechs Wochen in einem der vier dem Grafen gehörenden Herrenhäuser. Neben den sechs festen Mitgliedern wurde stets ein Ehrengast geladen. Der Hausherr schlug vor, wer es sein sollte.

„Wir müssen doch wissen, was die Menschen draußen im Lande denken“, hatte der Graf als Begründung für diese Treffen gesagt.
An der Entscheidung über den nächsten Ehrengast entzündete sich stets eine lebhafte Debatte. Mal hatte sich der Vorstandsvorsitzende der Großbank gerade über die SPD geärgert und wollte partout mit keinem sozialdemokratischen Minister sprechen, dann war der Chef des Chemieunternehmens über die Gewerkschaften erbost und empfahl, den vorgeschlagenen Gewerkschaftsführer zu einem späteren Termin zu laden. Man einigte sich als Kompromiss auf den Olympiasieger im Stabhochsprung.
Die als einzige Frau in die Runde aufgenommene Gräfin von Holstein hätte am liebsten gar keine fremden Gäste empfangen. Mit den Worten: „Ich weiß nicht, was sie denken und man kann sie ohnehin nicht bekehren“, hatte sie versucht, ihrem Gatten das Vorhaben auszureden. Nachdem sie damit gescheitert war, erschien sie, trotzig zwar, zu den Zusammenkünften, beteiligte sich jedoch nicht an den Gesprächen. Nur selten gab sie einen Kommentar ab, der aus wenigen Worten oder auch nur aus einer zustimmenden oder ablehnenden Kopfbewegung bestand.
Ehe der jeweilige Ehrengast eintraf, sprach man über Vorhaben, die, wie der Graf es nannte, „angestoßen werden sollten“. Die meisten Anregungen kamen vom Hausherrn selber und betrafen die unterschiedlichsten Themen. Ein Referendar aus der Verwandtschaft hatte auch nach einjähriger Wartezeit noch immer keinen Platz im Schuldienst gefunden. Da müsse doch unbedingt jemand im

Kultusministerium vorstellig werden. R. übernahm die Aufgabe, weil er den zuständigen Abteilungsleiter zum Ministerialrat hatte befördern lassen.
Eine Kreisstraße in der Nachbarschaft benötigte dringend einen neuen Belag. R. kannte den für die Bewilligung der Gelder verantwortlichen Beamten seit der Studienzeit.
Der Bankvorstand versprach den Ankauf eines Bildes, geschaffen von einem begabten und unter Geldnot leidenden Künstler. Der Graf wollte den Wirtschaftsminister bitten, sich für den Bau eines Radweges im Reich eines ihm gut bekannten Amtsvorstehers einzusetzen.
Den jeweiligen Ehrengast holte stets der Chauffeur der gräflichen Familie ab. Und diesmal sah R. der Ankunft des Besuchers mit Unbehagen entgegen, obwohl er dem Vorschlag zugestimmt hatte. Es kam sein Nachfolger. Seit dem Amtswechsel hatte er mit ihm nur zweimal sehr kurz gesprochen. Man müsse bei Gelegenheit ein Bier zusammen trinken, hatte man vereinbart, aber dazu war es nie gekommen.
Jetzt servierte ein Diener zum Rehbraten einen Rotwein Negru de Purcari Jahrgang 1986, von dem der Graf 300 Flaschen bei einem Jagdausflug in Moldawien geordert hatte.
Nach dem Essen zog man sich ins Kaminzimmer zurück, wo geraucht werden durfte. Für die Hausherrin war dies eine Gelegenheit, sich zu verabschieden. Sie leide an Asthma, sagte sie zur Entschuldigung, und der Graf hätte beinahe gefragt „Seit wann?“ Auch R. verkniff sich eine Frage. Zu gerne hätte er von seinem Nachfolger erfahren, warum er nicht mehr Mitglied der Drachenbootmannschaft sei. Sollte es etwa Unstimmigkeiten gegeben haben?

Da mit dem Bau des Einkaufszentrums an der Autobahnabfahrt noch immer nicht begonnen worden war, fragte R. vorsichtig nach den Gründen für die Verzögerung, erhielt aber nur eine ausweichende Antwort und ließ das Thema daraufhin schnell fallen, weil es ihm viel zu riskant erschien.
Noch ehe der Graf dem Ehrengast die erste der vorbereiteten Fragen stellen konnte – sie betraf den Denkmalschutz bei Herrenhäusern –, wandte sich der Ministerpräsident an seinen Vorgänger und sagte, er habe von dessen Bedauern über den Verlust der Landesfahne gelesen. Sie müsse schon beim Umzug verloren gegangen sein. Inzwischen sei der Schaden behoben. Die Wand hinter seinem Schreibtisch werde wieder mit Fahne und Wappen geschmückt. Der geschätzte Kollege sei herzlich eingeladen, sich persönlich von der wieder hergestellten alten Ordnung zu überzeugen.
Soll ich am Tag oder in der Nacht kommen, dachte R., sagte aber, er freue sich, dass die neue Regierung nicht nur den Fortschritt auf ihre Fahnen geschrieben habe, sondern auch die Tradition achte.
Der Graf kannte zwar nicht den Hintergrund des Gesprächs, warf jedoch ein, er würde es begrüßen, wenn die Pflege der Tradition endlich in die Landesverfassung aufgenommen würde. Auf diesen Vorschlag ging der Ehrengast nicht ein, gab stattdessen, wie gewünscht, einen Einblick in den Landeshaushalt und die mittelfristige Finanzplanung. Den Vortrag empfanden alle als sehr ermüdend, trotzdem bedankte sich der Graf überschwänglich „für diesen interessanten Blick hinter die Kulissen“, und R. dachte: Wie gut, dass ich damit nichts mehr zu tun habe.

Nachdem der Ministerpräsident verabschiedet worden war und vom Hausherrn als Erinnerung eine Flasche Rotwein aus Moldawien erhalten hatte, beriet die Runde darüber, wer als nächster Ehrengast geladen werden sollte. R. schlug seinen Nachbarn, den Teichwirt Otto Carstens vor. Der könnte über die Kormoranplage an seinem See berichten. Der Bankenvorstand meinte zwar, das Thema sei doch wohl reichlich abseitig, der Graf aber erwiderte, das sehe er anders, außerdem müsse man Kontakt mit unteren Schichten der Bevölkerung pflegen. Damit war die Einladung beschlossen, und R. erhielt den Auftrag, seinem Nachbarn die ehrenvolle Nachricht zu übermitteln.

Kapitel 34

VERDECKTER ERMITTLER

Zu Journalisten hatte R. stets ein zwiespältiges Verhältnis gehabt. Es musste sie ebenso geben wie den Bestatter und den Pathologen. Aber es waren keine Berufe, in denen er auch nur einen Tag tätig sein wollte.

Und dann ließ er sich doch überreden.

Nach seinem Ausscheiden aus dem Amt war er Rotarier geworden. Bei den wöchentlichen Treffen gab es zwar keine feste Sitzordnung, aber es bildeten sich doch gewisse Gewohnheiten. Neben ihm saß meistens der Chefredakteur der Regionalzeitung. Und der bat ihn am Ende einer Zusammenkunft um ein Gespräch. Die Redaktion habe eine gute neue Idee und er die Aufgabe erhalten, die vorgesehene Hauptperson zu gewinnen. Noch ehe der Chefredakteur weiter sprach, hob R. abwehrend beide Hände, denn er dachte sofort an Professor Dr. Kunze und seine Idee von der Überführung des Bildes mit dem grauen Himmel und dem aufgewühlten Meer. „Hat Ihre Idee etwas mit Kunst zu tun?", fragte er den durch die so spontan abwehrende Geste geradezu erschrockenen Chefredakteur.

„Nein, wirklich nicht im Geringsten, eher im Gegenteil."

„Na, Gott sei Dank", sagte daraufhin R. mit wieder erlangter Höflichkeit, fügte als zusätzliche Versöhnung hinzu: „Neuen Ideen bin ich doch bekanntermaßen stets zugänglich gewesen." Damit hatte er für etwas zugesagt, was er noch gar nicht kannte. Und als er erfuhr, dass er, der ehemalige Ministerpräsident, in die Rolle eines Kaufhausdetektivs schlüpfen und über seine Erlebnisse einen Artikel schreiben sollte, da war er von dieser neuen Ideen gar nicht mehr begeistert, hätte sich am liebsten verweigert. Doch für einen Rückzug war es nun zu spät.

Der Chefredakteur brachte ihn eine Woche später persönlich zum Kaufhaus, mit dem Geschäftsführer besprachen sie gemeinsam alle Einzelheiten des Einsatzes. Er dürfe nicht als Prominenter erkannt werden, ein echter Detektiv werde ihm zur Seite stehen, er müsse niemanden festnehmen oder verfolgen. Also dann bis zum nächsten Montag um 8.30 Uhr.

In seiner auf Antikmärkten erprobten Verkleidung erkannte ihn im ersten Augenblick sogar der Geschäftsführer nicht wieder. Der ihm zugeteilte Detektiv war in das Vorhaben eingeweiht, eine Sprechverbindung wie R. sie von seinen Personenschützern kannte, sollte für den Austausch von Informationen sorgen.

„Räuber- und Gendarm-Spiel" hatte Frau Susanne die Aktion genannt. Das hatte R. zunächst gekränkt. Als der Einsatz begann, merkte er jedoch schnell, dass die Gattin wieder einmal Recht hatte.

Wie ein normaler Kunde sollte er zwischen Regalen mit Marzipan und Schokolade, Weinflaschen und Konserven umherschlendern. Mal hier einen Artikel begutachten, dann dort einen anderen in den Warenkorb legen. Nach einer halben Stunde kam er sich albern vor, nach einer Stunde schmerzten ihm die Beine.

Warum um alles in der Welt hatte er sich auf dieses Abenteuer eingelassen?

Plötzlich erblickte er den ehemaligen Landtagsabgeordneten von der SPD, den er geradezu gehasst hatte. Dieser Verleumder. Einen „Knecht der Kapitalisten" hatte er ihn, den Ministerpräsidenten genannt, ihm vorgeworfen, „das Geld des kleinen Mannes zu verschleudern". Und während er noch nach dem Namen des verkappten Kommunisten suchte, sah er, wie die „Zielperson" zwei Schachteln aus dem Regal nahm, eine in den Warenkorb legte und die andere in die Jackentasche steckte.

„Räuber und Gendarm" hatte Frau Susanne behauptet? Das war jetzt Ernst. „Achtung, Täter in hellem Anzug und

Pepita-Hut hat Ware in der Jackentasche verschwinden lassen", flüsterte er in das Mikrofon am Handgelenk.
Wie im Film lief anschließend alles Weitere ab. Der Kollege Detektiv eilte herbei, der Täter musste ins Büro folgen, behauptete, es handele sich um ein Versehen, bat gleichzeitig kläglich, nicht die Polizei einzuschalten, nannte freimütig seine Personalien. Ach, richtig, Müller, Alfred, R. hielt sich sicherheitshalber im Hintergrund.
„Gute Arbeit", lobte ihn der Kollege. „War ein ganz gewiefter Bursche, jedenfalls bei den Ausreden, hätte Politiker werden sollen." Nach dieser Bemerkung stand R. auf Seiten des Räubers.
In den folgenden zwei Stunden passierte nichts, nur die Beine schmerzten noch heftiger. Dann schob eine ältere Frau ein Päckchen mit Zahnbürsten in den Ärmel. R. sah sie an, sie senkte den Blick und legte die Zahnbürsten wieder ins Regal.
Kurz danach steckte ein sehr alter Mann eine Tafel Schokolade in die Manteltasche. R. drehte sich um und schlenderte Richtung Käsetheke. Auch die beiden Teenager, die irgendetwas im Drogeriebereich mitgehen ließen, beachtete er nicht. Als ein junger Mann eine CD in der Brusttasche verschwinden ließ, rief er den Kollegen.
Drei Stunden vor Geschäftsschluss machte R. innerlich Feierabend, konzentrierte sich allerdings weiter auf die Beobachtung der Kunden. Wer war gekommen, um wirklich einzukaufen? Wer wollte sich nur aufwärmen? Und wer etwas mitgehen lassen? Dreimal erkannte er potentielle Diebe bereits Minuten nach Betreten des Kaufhauses, ließ

sie jedoch unbehelligt, dachte wieder einmal an den Polizeibeamten, der ihm die Kunst der Menschenkenntnis erklärt hatte.

„Acht Fälle, ein guter Fangtag“, sagte beim Abschied der Kollege Detektiv. „Zwei Beiträge von Ihnen, für den Anfang nicht schlecht. Vielleicht ist Ihnen sogar noch einer unerkannt durch die Lappen gegangen.“ R. hätte gerne gesagt „Nein, fünf.“ Als Dank für den Einsatz überreichte ihm der Geschäftsführer eine Schachtel Pralinen mit dem Verfallsdatum in drei Tagen.

Für den vereinbarten Artikel schickte ihm der Chefredakteur einen Journalisten, dem R. seine Erlebnisse erzählte. Nur die offiziellen. Es ist wie in der Politik, dachte er anschließend. Die Öffentlichkeit erfährt stets nur die halbe Wahrheit.

Wie ihm der Chefredakteur nach der Veröffentlichung berichtete, sei die Resonanz auf den Artikel groß gewesen, und auch R. erhielt viel Zustimmung für seinen „mutigen Einsatz“.

Das Honorar von 450 Euro stellte er, wie versprochen, für einen guten Zweck zur Verfügung. Nutznießer wurde eine Not leidende Zirkusfamilie mit nur noch wenigen Tieren, darunter eine Boa Constrictor und ein Kamel.

Kapitel 35

KOPF AN KOPF

Nun war der blasse Fraktionsvorsitzende trotz vieler Bedenken doch zum Spitzenkandidaten gewählt worden. Mit peinlichen 77 Prozent der Delegierten-Stimmen. Darunter die von R. Aber was soll man machen, wenn es weit und breit keine Alternative gibt? Einige Parteifreunde hatten sogar versucht, R. noch einmal in den Ring zu locken. Er fühlte sich durch das Angebot geschmeichelt, und als er Frau Susanne fragte, was sie von diesem Vorschlag halte, antwortete sie „Dann ziehe ich zu meiner Mutter." Die Mutter lebte allerdings nicht mehr.

Mit mäßiger Begeisterung erklärte er sich jedoch bereit, am Wahlkampf teilzunehmen.

Er übernahm zwölf Reden in kleineren Orten und sagte zu, auf der großen Abschlusskundgebung zu sprechen.

Wo immer R. auftrat, war der Saal gefüllt, zuweilen mussten Stühle herbei getragen werden. Die Rede hatte ihm der Wahlkampfmanager aufgeschrieben, sie war so hölzern, dass er stets nur einige Passagen verwendete. Hatte er sie vorgetragen, kündigte er an: „Ich lege jetzt mal mein Manuskript zur Seite und verrate Ihnen, was ich wirklich denke." Dafür erhielt er stets brausenden Beifall.

Mucksmäuschenstill wurde es im Saal, wenn R. berichtete, was ihm die Kanzlerin während des Fluges zum amerikanischen Präsidenten über ihre politischen Ziele verraten hatte. Er denke ganz genau so, versicherte er. Den Spitzen-

kandidaten nannte er einen viel versprechenden Hoffnungsträger, dem der angestrebte Machtwechsel mit großer Wahrscheinlichkeit gelingen werde.
Im Anschluss an die öffentliche Veranstaltung fand mit den örtlichen Parteifreunden ein stets ausgelassener, bis nach Mitternacht reichender Umtrunk statt. Und je später der Abend wurde, desto größer wurde das Bedauern darüber, dass R. nicht noch einmal als die „Nummer eins" ins Rennen gegangen sei. Hätte R. sich zu dieser mitternächtlichen Stunde noch einmal entscheiden dürfen, das stark von Frau Susanne beeinflusste Nein wäre von einem klaren Ja besiegt worden.
Zwei Wochen vor dem Wahltag ergaben die Meinungsumfragen ein Kopf-an-Kopf-Rennen der beiden Koalitionsblöcke. Von der Fernsehdiskussion der Spitzenkandidaten wurde Aufschluss darüber erwartet, welche Seite in Führung gehen würde.

Kapitel 36

SIEG UND NIEDERLAGE

Zog sich R. auf den Hochsitz zurück, schaltete er normalerweise sein Mobiltelefon aus. Daher schreckte er auch auf, als die Melodie der Landeshymne ein Reh mit ihrem Kitz in die Flucht trieb.

Schon im ersten Satz, den der Generalsekretär sagte, kam zweimal das Wort „Katastrophe“ vor. Es war später Nachmittag, am Abend sollte die entscheidende Fernsehdiskussion stattfinden, und nun hatte ein Migräneanfall den Spitzenkandidaten außer Gefecht gesetzt. Weder Spritzen noch Tabletten hatten gewirkt. Der Krisenstab habe schon getagt und sei zu dem Ergebnis gekommen …

R. galt als Mann, der keine übereilten Entscheidungen zu treffen pflegte. Häufig hatten ihm selbst wohlgesonnene Parteifreunde vorgeworfen, Probleme auszusitzen, das Für und Wider allzu lange abzuwägen. In Krisensituationen dagegen vergeudete er keine Zeit, überraschte mit schnellem Ja oder Nein.

Der Generalsekretär hatte noch gar nicht zu Ende gesprochen, da erreichte ihn das Kommando: „Holt mich in einer Stunde ab. Alles Weitere besprechen wir während der Fahrt ins Studio.“

In der Wahlkampfzentrale hatte man zu den wichtigsten aktuellen Themen knappe Antworten notiert. R. las einige Karten und legte den Rest des Stapels beiseite. „Kenn ich alles“, sagte er dem außerordentlich beunruhigten Generalsekretär. R. dagegen war die Ruhe selbst. Was sollte ihm auch passieren. Die Sympathien der Zuschauer würden ihm zufliegen. Er war der Ersatzmann, der Außenseiter. Tagelang hatte sich der Kontrahent auf den so wichtigen Fernsehauftritt vorbereitet, hatte Fragen und Antworten wie die Zeilen eines Gedichts auswendig gelernt, hatte das Studio besichtigt und sogar über die Sitzposition verhandelt. R. dagegen musste völlig unvorbereitet vor die Kameras treten.

Im Schafstall, so wollte er berichten, habe ihn die Nachricht von seinem Einsatz erreicht, fast hätte er vergessen, die Gummistiefel gegen richtiges Schuhwerk einzutauschen. Das würde gewiss Eindruck machen.
Obwohl ein Ersatzmann gefunden worden war, wäre die Sendung beinahe ausgefallen. Denn der Nachfolger erkannte, dass der Austausch des echten Gegners seine Erfolgschancen verringerte. Deshalb wollte auch er sich ersetzen lassen. Doch alle Versuche des Wahlkampfteams, einen prominenten Parteifreund zum Einspringen zu bewegen, waren gescheitert. Keiner der Angesprochenen fühlte sich der brisanten Aufgabe gewachsen. Sollte man absagen? Das wäre als Feigheit vor dem Feind gedeutet worden.
Während der gesamten Sendung gelang es dem Amtsinhaber nur mühsam, seinen Ärger zu verbergen. Er lächelte zu breit, argumentierte mal süffisant, dann gereizt, nannte hundert Zahlen, wo drei genügt hätten, begann Sätze, die nie ein Ende fanden, hatte schon nach zehn Minuten sein Wasserglas geleert und bat etwas zu schroff, jemand möge nachfüllen.
Ob er eine lange Nacht hinter sich habe, fragte R. daraufhin vielsagend, worüber sich der Moderator amüsierte, der Angesprochene aber nicht. Er wirkte nun noch verkniffener, während R. vor guter Laune geradezu übermütig wurde. Versprach der Nachfolger 300 neue Lehrer, meinte R., die Menge mache es nicht, auf die Qualität komme es an und berichtete eigene Erfahrungen aus einer kleinen Dorfschule. Sprach der Amtsinhaber von dem Schuldenberg, den sein Vorgänger hinterlassen habe, schilderte R., was

der Rechnungshof gerade an Verschwendung enthüllt habe: Eine Brücke, die ins Nichts führt, eine Hafenanlage, die von keinem Schiff genutzt wird.
Bereits zur Halbzeit stand fest, wer die Siegespalme davontragen würde, und spätere Umfragen bestätigten die Zwischenbilanz. Die Zeitungen meldeten „Erfolg für den Ersatzmann", die Parteifreunde gerieten vor Begeisterung geradezu aus dem Häuschen.
Im Namen des Wahlkampfteams schickte der Generalsekretär einen Geschenkkorb wie er ansonsten nur für 50-jährige Parteimitgliedschaft bewilligt wird. Der Graf von Hohenstein lieferte 50 Flaschen Rotwein aus Moldawien und einen acht Kilogramm schweren Schinken.
Die Wahlen aber gingen trotz des Einzelerfolges verloren. Sehr knapp allerdings. Es fehlten nur 950 Stimmen zum Sieg. Vier Jahre zuvor hatte sich R. über die Niederlage derart geärgert, dass er sich einen gewaltigen Rausch antrank. Diesmal reagierte er äußerst gelassen. Am Tag nach der langen Wahlnacht ruderte er mit Otto Carstens zum Hechtangeln auf den Westsee. „Zeig mir, wo die tiefste Stelle ist", bat er den Teichwirt. Ehe sie dort ihre Angeln auswarfen, holte R. zwei Schlüssel aus seiner Jackentasche und ließ sie in die Tiefe gleiten. Zu Otto Carstens sagte er „Nur, wenn du einen im Magen eines Hechts findest, kehre ich wieder in die Politik zurück."

Der Teichwirt hätte zu gerne erfahren, was es mit den Schlüsseln auf sich hatte. Doch er fragte nicht.

NACHWORT

Der Leser dieses Buches wird sich fragen: Wer verbirgt sich hinter der Gestalt des gewesenen Ministerpräsidenten Johannes R.?
Hier die Auflösung: Es ist nicht dieser und nicht jener. Es ist jemand, den es gar nicht gab. Also alles Fantasie? Nein, auch nicht. Eigenschaften mehrerer Politiker sind in einer Figur gebündelt worden.
Auch die geschilderten Taten und Ereignisse haben in der beschriebenen Form nicht stattgefunden. Jedenfalls die meisten nicht. Sie hätten aber so passiert sein können. Wer über Jahrzehnte den politischen Betrieb beobachtet hat, der weiß, wie Politiker „ticken", was sie denken und was ihnen zuzutrauen ist. Erstaunlich, nein erschreckend viel.
Ein kleines Geständnis: Ursprünglich sollte die Geschichte vom Verlust der Macht unglücklich, ja böse enden. Während des Schreibens wuchs jedoch beim Autor die Sympathie für die Hauptperson. Außerdem passt zu einer Groteske eigentlich kein tragisches Ende.

E.M.

Bücher von Erich Maletzke im Wachholtz Verlag:

Die Schleswig-Holsteiner
Der Bestseller über die Eigenarten
der Schleswig-Holsteiner

Heiter bis wollig
Köstliche Episoden aus Erich Maletzkes
Erfahrungen als Schafzüchter

Rätselhafte Prominente & Schleswig-Holstein
Biografische Rätselreise durch die Jahrhunderte

Schimmelmann
Schatzmeister des Königs
Roman über den reichsten Bürger
des 18. Jahrhunderts im Norden

Adam Olearius
Gottorfer Schlossgelehrter
Das turbulente Leben des Erfinders
des Gottorfer Globus'

Detlev von Liliencron
Poet und Schuldenbaron
Biografie des Abenteuers,
Dichters und Frauenhelden